考試分數大躍進
累積實力
百萬考生見證
應考秘訣

4

根據日本國際交流基金考試相關概要

袖珍本

精修 **重音版**

絕對合格
日檢必背單字

N4
新制對應！

吉松由美
山田社題庫小組◎合著

U0080097

山田社

忙碌的您，只要活用「瑣碎的時間」，也能「倍增單字量」考上日檢喔！
這時候小巧實用、攜帶方便、隨時查閱的「袖珍本」，就是好幫手！
可以讓您自由選擇閱讀地點、時間…，任何時刻、任何地方，
都能一手掌握 N4 單字！

交叉學習！

N4 所有 820 單字 × N4 所有 197 文法 × 實戰光碟

全新三合一學習法，霸氣登場！

單字背起來就是鑽石，與文法珍珠相串成鍊，再用聽力鑲金加倍，
史上最貪婪的學習法！讓你快速取證、搶百萬年薪！

《精修版 新制對應 絕對合格！日檢必背單字 N4》再進化出重音版了，精修內容
有：

1. 精心將單字分成：主題圖像場景分類和五十音順。讓圖像在記憶中生根，再
   加上圖像式重音標記，記憶快速又持久。
2. 例句加入 N4 所有文法 197 項，單字 · 文法交叉訓練，得到黃金的相乘學
   習效果。
3. 例句主要單字上色，單字活用變化，一看就記住！
4. 主題分類的可愛插畫、單字大比拼等，讓記憶力道加倍！
5. 分析舊新制考古題，補充類義詞、對義詞學習，單字全面攻破，內容最紮實！

　　單字不再會是您的死穴，而是您得高分的最佳利器！史上最強的新日檢 N4 單字
集《精修重音版 新制對應 絕對合格！日檢必背單字 N4》，是根據日本國際交流
基金（JAPAN FOUNDATION）舊制考試基準及新發表的「新日本語能力試驗相關

概要」，加以編寫彙整而成的。除此之外，本書精心分析從 2010 年開始的新日檢考試內容，增加了過去未收錄的 N4 程度常用單字，加以調整了單字的程度，可說是內容最紮實的 N4 單字書。無論是累積應考實力，或是考前迅速總複習，都能讓您考場上如虎添翼，金腦發威。

「背單字總是背了後面忘了前面！」「背得好好的單字，一上考場大腦就當機！」「背了單字，但一碰到日本人腦筋只剩一片空白鬧詞窮。」「單字只能硬背很無聊，每次一開始衝勁十足，後面卻完全無力。」「我很貪心，我想要有主題分類，又有五十音順好查的單字書。」這些都是讀者的真實心聲！您的心聲我們聽到了。本書的單字不僅有主題分類，還有五十音順，再加上插圖、單字豆知識及重音標記，相信能讓您甩開面對單字的陰霾，輕鬆啟動記憶單字的按鈕，提升學習興趣及成效！

內容包括：

一、主題單字

1. **分類姬**—以主題把單字分類成：顏色、家族、衣物…等，不僅能一次把相關單字背起來，還方便運用在日常生活中。不管是主題分類增加印象，或五十音順全效學習，還是分類與順序交叉學習，本書一應俱全。請您依照自己喜歡的學習方式自由調整。

各種主題

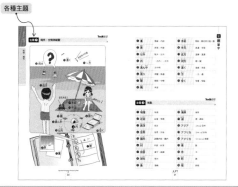

2. **插畫姬**—主題單字區有著可愛的插畫，建議可以將單字與插畫相互搭配進行背誦。插畫不僅可以幫助您聯想、加深印象，還能連結運用在生活上，有效提升記憶強度與學習的趣味度喔！

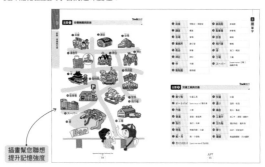

插畫幫您聯想
提升記憶強度

3. **藏寶姬**—您有發現內頁的「單字大比拼」小單元嗎？這些都是配合 N4 單字所精挑細選的類義單字藏寶箱，在這個單元，每組義的單字都會進行解說，並加入小短句，讓您可以快速了解類義單字的用途差異，這樣您在考場中就不再「左右為難」，並一舉拿下高分。

單字大比拼

二、單字五十音順

1. **單字王**—高出題率單字全面強化記憶：根據新制規格，由日籍金牌教師群所精選高出題率單字。每個單字所包含的詞性、意義、解釋、類・對義詞、中譯、用法、語源等等，讓您精確瞭解單字各層面的字義，活用的領域更加廣泛，還加上重音標記，幫您全面強化視、聽覺記憶，學習更上一層樓。

單字＋重音標記　　　詞性　　　意義解釋

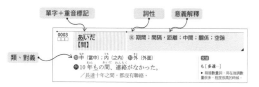

類、對義

2. **文法王**—單字・文法交叉相乘黃金雙效學習：書中單字所帶出的例句，還搭配日籍金牌教師群精選 N4 所有文法，並補充近似文法，幫助您單字・文法交叉訓練，得到黃金的相乘學習效果！建議搭配《精修版 新制對應 絕對合格！日檢必背文法 N4》，以達到最完整的學習！

例句中的 N4 文法 ⋯⋯⋯⋯ 說明　　　近義文法

3. **得分王**—貼近新制考試題型學習最完整:新制單字考題中的「替換類義詞」
   題型,是測驗考生在發現自己「詞不達意」時,是否具備「換句話說」的
   能力,以及對字義的瞭解度。此題型除了須明白考題的字義外,更需要知
   道其他替換的語彙及說法。為此,書中精闢點出該單字的類、對義詞,對
   應新制內容最紮實。

中文翻譯

假名注音

4. **例句王**—活用單字的勝者學習法:活用單字才是勝者的學習法,怎麼活用呢?
   書中每個單字下面帶出一個例句,例句精選該單字常接續的詞彙、常使用的場
   合、常見的表現、配合 N4 所有文法,還有時事、職場、生活等內容貼近 N4 所
   需程度等等。**從例句來記單字,加深了對單字的理解,對根據上下文選擇適切**
   語彙的題型,更是大有幫助,同時也紮實了文法及聽說讀寫的超強實力。

例句單字套色

日文例句

例句翻譯

Preface

5. **測驗王**—全真新制模試密集訓練:本書最後附三回模擬考題(文字、語彙部份),將按照不同的題型,告訴您不同的解題訣竅,讓您在演練之後,不僅能立即得知學習效果,並充份掌握考試方向,以提升考試臨場反應。就像上過合格保證班一樣,成為新制日檢測驗王!如果對於綜合模擬試題躍躍欲試,推薦完全遵照日檢規格的《合格全攻略!新日檢 6 回全真模擬試題 N4》進行練習喔!

問題說明
應試訣竅 →

考題 →

6. **聽力王**—合格最短距離:新制日檢考試,把聽力的分數提高了,合格最短距離就是加強聽力學習。為此,書中還附贈光碟,幫助您熟悉日籍教師的標準發音及語調,讓您累積聽力實力。為打下堅實的基礎,建議您搭配《精修版 新制對應 絕對合格!日檢必背聽力 N4》來進一步加強練習。

軌數 →

7. **計畫王**—讓進度、進步完全看得到：每個單字旁都標示有編號及小方格，
   可以讓您立即了解自己的學習量。每個對頁並精心設計讀書計畫小方格，
   您可以配合自己的學習進度填上日期，建立自己專屬讀書計畫表！

　　《精修重音版 新制對應 絕對合格！日檢必背單字 N4》本著利用「喝咖啡
時間」，也能「倍增單字量」「通過新日檢」的意旨，搭配文法與例句快速理
解、學習，附贈日語朗讀光碟，還能讓您隨時隨地聽 MP3，無時無刻增進日
語單字能力，走到哪，學到哪！怎麼考，怎麼過！

目錄
contents

● 新制對應手冊 ⋯⋯⋯⋯⋯⋯⋯⋯⋯⋯⋯⋯⋯⋯⋯⋯⋯⋯⋯⋯ 017

● N4 主題單字 Track 1-01~1-56 ○ ⋯⋯⋯⋯⋯⋯⋯⋯⋯⋯ 029

一、地理、場所

1. 場所、空間與範圍 ⋯⋯⋯⋯⋯ 30
2. 地點 ⋯⋯⋯⋯⋯⋯⋯⋯⋯⋯⋯ 31

二、時間

1. 過去、現在、未來 ⋯⋯⋯⋯⋯ 32
2. 時間、時刻、時段 ⋯⋯⋯⋯⋯ 32

三、日常招呼、人物

1. 寒暄用語 ⋯⋯⋯⋯⋯⋯⋯⋯⋯ 34
2. 各種人物 ⋯⋯⋯⋯⋯⋯⋯⋯⋯ 35
3. 男女 ⋯⋯⋯⋯⋯⋯⋯⋯⋯⋯⋯ 36
4. 老幼與家人 ⋯⋯⋯⋯⋯⋯⋯⋯ 36
5. 態度、性格 ⋯⋯⋯⋯⋯⋯⋯⋯ 38
6. 人際關係 ⋯⋯⋯⋯⋯⋯⋯⋯⋯ 39

四、人體、疾病與運動

1. 人體 ⋯⋯⋯⋯⋯⋯⋯⋯⋯⋯⋯ 40
2. 生死與體質 ⋯⋯⋯⋯⋯⋯⋯⋯ 41
3. 疾病與治療 ⋯⋯⋯⋯⋯⋯⋯⋯ 42
4. 體育與競賽 ⋯⋯⋯⋯⋯⋯⋯⋯ 42

五、大自然

1. 自然與氣象 ⋯⋯⋯⋯⋯⋯⋯⋯ 44
2. 各種物質 ⋯⋯⋯⋯⋯⋯⋯⋯⋯ 45

六、飲食

1. 烹調與食物味道 ⋯⋯⋯⋯⋯⋯ 46
2. 用餐與食物 ⋯⋯⋯⋯⋯⋯⋯⋯ 47
3. 餐廳用餐 ⋯⋯⋯⋯⋯⋯⋯⋯⋯ 48

七、服飾

1. 服裝、配件與素材 ⋯⋯⋯⋯⋯ 49

八、住家

1. 內部格局與居家裝潢 ⋯⋯⋯⋯ 50
2. 居住 ⋯⋯⋯⋯⋯⋯⋯⋯⋯⋯⋯ 51
3. 家具、電器與道具 ⋯⋯⋯⋯⋯ 52
4. 使用道具 ⋯⋯⋯⋯⋯⋯⋯⋯⋯ 52

九、設施、機構與交通

1. 各種機關與設施 ⋯⋯⋯⋯⋯⋯ 54
2. 交通工具與交通 ⋯⋯⋯⋯⋯⋯ 55
3. 交通相關 ⋯⋯⋯⋯⋯⋯⋯⋯⋯ 56
4. 使用交通工具 ⋯⋯⋯⋯⋯⋯⋯ 56

十、興趣、藝術與節日

1. 休閒、旅遊 ⋯⋯⋯⋯⋯⋯⋯⋯ 58
2. 藝文活動 ⋯⋯⋯⋯⋯⋯⋯⋯⋯ 59
3. 節日 ⋯⋯⋯⋯⋯⋯⋯⋯⋯⋯⋯ 60

十一、教育

1. 學校與科目 ········· 61
2. 學生生活（一）········· 61
3. 學生生活（二）········· 62

十二、職業、工作

1. 職業、事業 ········· 64
2. 職場工作 ········· 65
3. 職場生活 ········· 65
4. 電腦相關（一）········· 66
5. 電腦相關（二）········· 67

十三、經濟、政治與法律

1. 經濟與交易 ········· 68
2. 金融 ········· 68
3. 政治、法律 ········· 69
4. 犯罪 ········· 70

十四、數量、圖形、色彩

1. 數量、次數、形狀與大小 ······ 72

十五、心理、思考與語言

1. 心理及感情 ········· 73
2. 喜怒哀樂 ········· 74
3. 傳達、通知與報導 ········· 75
4. 思考與判斷 ········· 76
5. 理由與決定 ········· 76
6. 理解 ········· 77
7. 語言與出版物 ········· 77

十六、副詞與其他

1. 時間副詞 ········· 78
2. 程度副詞 ········· 78
3. 思考、狀態副詞 ········· 79
4. 接續詞、接助詞與接尾詞、接
   頭詞 ········· 80
5. 尊敬與謙讓用法 ········· 81

●N4 單字＋文法 Track 2-01~2-37 ◎ ···083

あ 行單字　　Track 2-01 ◎

あ／ア	·········084
い／イ	·········089
う／ウ	·········095
え／エ	·········100
お／オ	·········101

た 行單字　　Track 2-21 ◎

た／タ	·········172
ち／チ	·········178
つ／ツ	·········180
て／テ	·········183
と／ト	·········188

か 行單字　　Track 2-08 ◎

か／カ	·········112
き／キ	·········122
く／ク	·········127
け／ケ	·········129
こ／コ	·········134

な 行單字　　Track 2-26 ◎

な／ナ	·········193
に／ニ	·········196
ぬ／ヌ	·········199
ね／ネ	·········200
の／ノ	·········201

さ 行單字　　Track 2-15 ◎

さ／サ	·········143
し／シ	·········147
す／ス	·········159
せ／セ	·········164
そ／ソ	·········167

は 行單字　　Track 2-28 ◎

は／ハ	·········203
ひ／ヒ	·········207
ふ／フ	·········210
へ／ヘ	·········214
ほ／ホ	·········215

ま 行單字　Track 2-32 ◎

ま／マ	218
み／ミ	220
む／ム	221
め／メ	222
も／モ	223

ら 行單字　Track 2-36 ◎

ら／ラ	233
り／リ	233
る／ル	234
れ／レ	234

や 行單字　Track 2-34 ◎

や／ヤ	226
ゆ／ユ	228
よ／ヨ	230

わ 行單字　Track 2-37 ◎

| わ／ワ | 236 |

● 新制日檢模擬考題〔文字 ・ 語彙〕三回 ····················239

詞性說明

詞性	定義	例（日文／中譯）
名詞	表示人事物、地點等名稱的詞。有活用。	門<ruby>もん</ruby>／大門
形容詞	詞尾是い。説明客観事物的性質、狀態或主觀感情、感覺的詞。有活用。	細<ruby>ほそ</ruby>い／細小的
形容動詞	詞尾是だ。具有形容詞和動詞的雙重性質。有活用。	静<ruby>しず</ruby>かだ／安静的
動詞	表示人或事物的存在、動作、行為和作用的詞。	言<ruby>い</ruby>う／説
自動詞	表示的動作不直接涉及其他事物。只説明主語本身的動作、作用或狀態。	花が咲<ruby>さ</ruby>く／花開
他動詞	表示的動作直接涉及其他事物。從動作的主體出發。	母<ruby>はは</ruby>が窓<ruby>まど</ruby>を開<ruby>あ</ruby>ける／母親打開窗戶。
五段活用	詞尾在ウ段或詞尾由「ア段＋る」組成的動詞。活用詞尾在「ア、イ、ウ、エ、オ」這五段上變化。	持<ruby>も</ruby>つ／拿
上一段活用	「イ段＋る」或詞尾由「イ段＋る」組成的動詞。活用詞尾在イ段上變化。	見<ruby>み</ruby>る／看 起<ruby>お</ruby>きる／起床
下一段活用	「エ段＋る」或詞尾由「エ段＋る」組成的動詞。活用詞尾在エ段上變化。	寝<ruby>ね</ruby>る／睡覺 見<ruby>み</ruby>せる／讓…看
變格活用	動詞的不規則變化。一般指カ行「来る」、サ行「する」兩種。	来<ruby>く</ruby>る／到來 する／做
カ行變格活用	只有「来る」。活用時只在カ行上變化。	来<ruby>く</ruby>る／到來
サ行變格活用	只有「する」。活用時只在サ行上變化。	する／做
連體詞	限定或修飾體言的詞。沒活用，無法當主詞。	どの／哪個
副詞	修飾用言的狀態和程度的詞。沒活用，無法當主詞。	余<ruby>あま</ruby>り／不太…

副助詞	接在體言或部分副詞、用言等之後，增添各種意義的助詞。	～も ／也…
終助詞	接在句尾，表示説話者的感嘆、疑問、希望、主張等語氣。	か ／嗎
接續助詞	連接兩項陳述內容，表示前後兩項存在某種句法關係的詞。	ながら ／邊…邊…
接續詞	在段落、句子或詞彙之間，起承先啟後的作用。沒活用，無法當主詞。	しかし ／然而
接頭詞	詞的構成要素，不能單獨使用，只能接在其他詞的前面。	御～ ／貴（表尊敬及美化）
接尾詞	詞的構成要素，不能單獨使用，只能接在其他詞的後面。	～枚 ／張（平面物品數量）
造語成份 （新創詞語）	構成復合詞的詞彙。	一昨年 ／前年
漢語造語成份 （和製漢語）	日本自創的詞彙，或跟中文意義有別的漢語詞彙。	風呂 ／澡盆
連語	由兩個以上的詞彙連在一起所構成，意思可以直接從字面上看出來。	赤い傘 ／紅色雨傘 足を洗う ／洗腳
慣用語	由兩個以上的詞彙因習慣用法而構成，意思無法直接從字面上看出來。常用來比喻。	足を洗う ／脫離黑社會
感嘆詞	用於表達各種感情的詞。沒活用，無法當主詞。	ああ ／啊（表驚訝等）
寒暄語	一般生活上常用的應對短句、問候語。	お願いします ／麻煩…

其他略語

呈現	詞性	呈現	詞性
對	對義詞	近	文法部分的相近文法補充
類	類義詞	補	補充説明

詞性	活用變化舉例				
	語幹	語尾		變化	

詞性	語幹	語尾		變化	
形容詞	やさし (容易)	い		現在肯定	やさし ＋ い 語幹　　形容詞詞尾
			です		やさしい ＋ です 基本形　　敬體
		く	ない（です）	現在否定	やさし く ー+ない（です） （い→く）　否定　敬體
			ありません		ー+ありません 否定
		かっ	た（です）	過去肯定	やさし かっ ＋た（です） （い→かっ）　過去　敬體
		く	ありませんでした	過去否定	やさし くありません+でした 否定　　　　過去
形容動詞	きれい (美麗)	だ		現在肯定	きれい ＋ だ 語幹　　形容動詞詞尾
		で	す		きれい ＋ です 基本形　「だ」的敬體
		で	はありません	現在否定	きれい で +は+ありません （だ→で）　　否定
		で	した	過去肯定	きれい でし た （だ→でし）過去
		で	はありませんでした	過去否定	きれい ではありません+でした 否定　　　　過去
動詞	か (書寫)	く		基本形	か + く 語幹
		き	ます	現在肯定	か き +ます （く→き）
		き	ません	現在否定	か き +ません （く→き）　否定
		き	ました	過去肯定	か き +ました （く→き）　過去
		き	ませんでした	過去否定	かきません + でした 否定　　　過去

動詞基本形

相對於「動詞ます形」，動詞基本形說法比較隨便，一般用在關係跟自己比較親近的人之間。因為辭典上的單字用的都是基本形，所以又叫辭書形。
基本形怎麼來的呢？請看下面的表格。

五段動詞	拿掉動詞「ます形」的「ます」之後，最後將「イ段」音節轉為「ウ段」音節。	かきます→かき→かく ka-ki-ma-su → ka-ki → ka-ku
一段動詞	拿掉動詞「ます形」的「ます」之後，直接加上「る」。	たべます→たべ→たべる ta-be-ma-su → ta-be → ta-be-ru
不規則動詞		します→する shi-ma-su → su-ru きます→くる ki-ma-su → ku-ru

自動詞與他動詞比較與舉例

<table>
<tr><td rowspan="2">自動詞</td><td>動詞沒有目的語
形式：「…が…ます」
沒有人為的意圖而發生的動作</td><td><u>火</u>　<u>が</u>　<u>消えました</u>。（火熄了）
主語　助詞　沒有人為意圖的動作
　　　　　　　　↑
由於「熄了」，不是人為的，是風吹的自然因素，所以用自動詞「消えました」（熄了）。</td></tr>
<tr><td></td></tr>
<tr><td>他動詞</td><td>有動作的涉及對象
形式：「…を…ます」
抱著某個目的有意圖地作某一動作</td><td><u>私</u>は　<u>火</u>　を　<u>消しました</u>。（我把火弄熄了）
主語　目的語　　有意圖地做某動作
　　　　　　　　↑
火是因為人為的動作而被熄了，所以用他動詞「消しました」（弄熄了）。</td></tr>
</table>

日檢單字

N4

新制對應！

一、什麼是新日本語能力試驗呢

1. 新制「日語能力測驗」
2. 認證基準
3. 測驗科目
4. 測驗成績

二、新日本語能力試驗的考試內容

N4 題型分析

* 以上內容摘譯自「國際交流基金日本國際教育支援協會」的
「新しい『日本語能力試験』ガイドブック」。

一、什麼是新日本語能力試驗呢

1. 新制「日語能力測驗」

從2010年起實施的新制「日語能力測驗」（以下簡稱為新制測驗）。

1－1 實施對象與目的

新制測驗與舊制測驗相同，原則上，實施對象為非以日語作為母語者。其目的在於，為廣泛階層的學習與使用日語者舉行測驗，以及認證其日語能力。

1－2 改制的重點

改制的重點有以下四項：

1 測驗解決各種問題所需的語言溝通能力

新制測驗重視的是結合日語的相關知識，以及實際活用的日語能力。因此，擬針對以下兩項舉行測驗：一是文字、語彙、文法這三項語言知識；二是活用這些語言知識解決各種溝通問題的能力。

2 由四個級數增為五個級數

新制測驗由舊制測驗的四個級數（1級、2級、3級、4級），增加為五個級數（N1、N2、N3、N4、N5）。新制測驗與舊制測驗的級數對照，如下所示。最大的不同是在舊制測驗的2級與3級之間，新增了N3級數。

N1	難易度比舊制測驗的1級稍難。合格基準與舊制測驗幾乎相同。
N2	難易度與舊制測驗的2級幾乎相同。
N3	難易度介於舊制測驗的2級與3級之間。（新增）
N4	難易度與舊制測驗的3級幾乎相同。
N5	難易度與舊制測驗的4級幾乎相同。

＊「N」代表「Nihongo（日語）」以及「New（新的）」。

3 施行「得分等化」

由於在不同時期實施的測驗，其試題均不相同，無論如何慎重出題，每次測驗的難易度總會有或多或少的差異。因此在新制測驗中，導入「等化」的計分方式後，便能將不同時期的測驗分數，於共同量尺上相互比較。因此，無論是在什麼時候接受測驗，只要是相同級數的測驗，其得分均可予以比較。目前全球幾種主要的語言測驗，均廣泛採用這種「得分等化」的計分方式。

4 提供「日本語能力試驗Can-do 自我評量表」（簡稱JLPT Can-do）

為了瞭解通過各級數測驗者的實際日語能力，新制測驗經過調查後，提供「日本語能力試驗Can-do 自我評量表」。該表列載通過測驗認證者的實際日語能力範例。希望通過測驗認證者本人以及其他人，皆可藉由該表格，更加具體明瞭測驗成績代表的意義。

1－3 所謂「解決各種問題所需的語言溝通能力」

我們在生活中會面對各式各樣的「問題」。例如，「看著地圖前往目的地」或是「讀著說明書使用電器用品」等等。種種問題有時需要語言的協助，有時候不需要。

為了順利完成需要語言協助的問題，我們必須具備「語言知識」，例如文字、發音、語彙的相關知識、組合語詞成為文章段落的文法知識、判斷串連文句的順序以便清楚說明的知識等等。此外，亦必須能配合當前的問題，擁有實際運用自己所具備的語言知識的能力。

舉個例子，我們來想一想關於「聽了氣象預報以後，得知東京明天的天氣」這個課題。想要「知道東京明天的天氣」，必須具備以下的知識：「晴れ（晴天）、くもり（陰天）、雨（雨天）」等代表天氣的語彙；「東京は明日は晴れでしょう（東京明日應是晴天）」的文句結構；還有，也要知道氣象預報的播報順序等。除此以外，尚須能從播報的各地氣象中，分辨出哪一則是東京的天氣。

如上所述的「運用包含文字、語彙、文法的語言知識做語言溝通，進而具備解決各種問題所需的語言溝通能力」，在新制測驗中稱為「解決各種問題所需的語言溝通能力」。

　　新制測驗將「解決各種問題所需的語言溝通能力」分成以下「語言知識」、「讀解」、「聽解」等三個項目做測驗。

語言知識	各種問題所需之日語的文字、語彙、文法的相關知識。
讀　解	運用語言知識以理解文字內容，具備解決各種問題所需的能力。
聽　解	運用語言知識以理解口語內容，具備解決各種問題所需的能力。

　　作答方式與舊制測驗相同，將多重選項的答案劃記於答案卡上。此外，並沒有直接測驗口語或書寫能力的科目。

2. 認證基準

　　新制測驗共分為N1、N2、N3、N4、N5五個級數。最容易的級數為N5，最困難的級數為N1。

　　與舊制測驗最大的不同，在於由四個級數增加為五個級數。以往有許多通過3級認證者常抱怨「遲遲無法取得2級認證」。為因應這種情況，於舊制測驗的2級與3級之間，新增了N3級數。

　　新制測驗級數的認證基準，如表1的「讀」與「聽」的語言動作所示。該表雖未明載，但應試者也必須具備為表現各語言動作所需的語言知識。

　　N4與N5主要是測驗應試者在教室習得的基礎日語的理解程度；N1與N2是測驗應試者於現實生活的廣泛情境下，對日語理解程度；至於新增的N3，則是介於N1與N2，以及N4與N5之間的「過渡」級數。關於各級數的「讀」與「聽」的具體題材（內容），請參照表1。

■ 表1 新「日語能力測驗」認證基準

	級數	認證基準
		各級數的認證基準，如以下【讀】與【聽】的語言動作所示。各級數亦必須具備為表現各語言動作所需的語言知識。
困難 * ↑	N1	能理解在廣泛情境下所使用的日語 【讀】•可閱讀話題廣泛的報紙社論與評論等論述性較複雜及較抽象的文章，且能理解其文章結構與內容。 •可閱讀各種話題內容較具深度的讀物，且能理解其脈絡及詳細的表達意涵。 【聽】•在廣泛情境下，可聽懂常速且連貫的對話、新聞報導及講課，且能充分理解話題走向、內容、人物關係、以及說話內容的論述結構等，並確實掌握其大意。
	N2	除日常生活所使用的日語之外，也能大致理解較廣泛情境下的日語 【讀】•可讀懂報紙與雜誌所刊載的各類報導、解說、簡易評論等主旨明確的文章。 •可閱讀一般話題的讀物，並能理解其脈絡及表達意涵。 【聽】•除日常生活情境外，在大部分的情境下，可聽懂接近常速且連貫的對話與新聞報導，亦能理解其話題走向、內容、以及人物關係，並可掌握其大意。
	N3	能大致理解日常生活所使用的日語 【讀】•可讀懂與日常生活相關的具體內容的文章。 •可由報紙標題等，掌握概要的資訊。 •於日常生活情境下接觸難度稍高的文章，經換個方式敘述，即可理解其大意。 【聽】•在日常生活情境下，面對稍微接近常速且連貫的對話，經彙整談話的具體內容與人物關係等資訊後，即可大致理解。
* 容易 ↓	N4	能理解基礎日語 【讀】•可看懂以基本語彙及漢字描述的貼近日常生活相關話題的文章。 【聽】•可大致聽懂速度較慢的日常會話。
	N5	能大致理解基礎日語 【讀】•可看懂以平假名、片假名或一般日常生活使用的基本漢字所書寫的固定詞句、短文、以及文章。 【聽】•在課堂上或周遭等日常生活中常接觸的情境下，如為速度較慢的簡短對話，可從中聽取必要資訊。

＊N1最難，N5最簡單。

3. 測驗科目

新制測驗的測驗科目與測驗時間如表2所示。

■ 表2 測驗科目與測驗時間 * ①

級數	測驗科目 （測驗時間）			
N1	語言知識（文字、語彙、文法）、讀解 （110分）		聽解 （60分）	→
N2	語言知識（文字、語彙、文法）、讀解 （105分）		聽解 （50分）	→	測驗科目為「語言知識（文字、語彙、文法）、讀解」；以及「聽解」共2科目。
N3	語言知識（文字、語彙） （30分）	語言知識（文法）、讀解 （70分）	聽解 （40分）	→
N4	語言知識（文字、語彙） （30分）	語言知識（文法）、讀解 （60分）	聽解 （35分）	→	測驗科目為「語言知識（文字、語彙）」；「語言知識（文法）、讀解」；以及「聽解」共3科目。
N5	語言知識（文字、語彙） （25分）	語言知識（文法）、讀解 （50分）	聽解 （30分）	→

N1與N2的測驗科目為「語言知識（文字、語彙、文法）、讀解」以及「聽解」共2科目；N3、N4、N5的測驗科目為「語言知識（文字、語彙）」、「語言知識（文法）、讀解」、「聽解」共3科目。

由於N3、N4、N5的試題中，包含較少的漢字、語彙、以及文法項目，因此當與N1、N2測驗相同的「語言知識（文字、語彙、文法）、讀解」科目時，有時會使某幾道試題成為其他題目的提示。為避免這個情況，因此將「語言知識（文字、語彙、文法）、讀解」，分成「語言知識（文字、語彙）」和「語言知識（文法）、讀解」施測。

*①：聽解因測驗試題的錄音長度不同，致使測驗時間會有些許差異。

4. 測驗成績

4-1 量尺得分

舊制測驗的得分，答對的題數以「原始得分」呈現；相對的，新制測驗的得分以「量尺得分」呈現。

「量尺得分」是經過「等化」轉換後所得的分數。以下，本手冊將新制測驗的「量尺得分」，簡稱為「得分」。

4-2 測驗成績的呈現

新制測驗的測驗成績，如表3的計分科目所示。N1、N2、N3的計分科目分為「語言知識（文字、語彙、文法）」、「讀解」、以及「聽解」3項；N4、N5的計分科目分為「語言知識（文字、語彙、文法）、讀解」以及「聽解」2項。

會將N4、N5的「語言知識（文字、語彙、文法）」和「讀解」合併成一項，是因為在學習日語的基礎階段，「語言知識」與「讀解」方面的重疊性高，所以將「語言知識」與「讀解」合併計分，比較符合學習者於該階段的日語能力特徵。

■ 表3 各級數的計分科目及得分範圍

級數	計分科目	得分範圍
N1	語言知識（文字、語彙、文法）	0〜60
	讀解	0〜60
	聽解	0〜60
	總分	0〜180
N2	語言知識（文字、語彙、文法）	0〜60
	讀解	0〜60
	聽解	0〜60
	總分	0〜180
N3	語言知識（文字、語彙、文法）	0〜60
	讀解	0〜60
	聽解	0〜60
	總分	0〜180

N4	語言知識（文字、語彙、文法）、讀解	0～120
	聽解	0～60
	總分	0～180
N5	語言知識（文字、語彙、文法）、讀解	0～120
	聽解	0～60
	總分	0～180

　　各級數的得分範圍，如表3所示。N1、N2、N3的「語言知識（文字、語彙、文法）」、「讀解」、「聽解」的得分範圍各為0～60分，三項合計的總分範圍是0～180分。「語言知識（文字、語彙、文法）」、「讀解」、「聽解」各占總分的比例是1：1：1。

　　N4、N5的「語言知識（文字、語彙、文法）、讀解」的得分範圍為0～120分，「聽解」的得分範圍為0～60分，二項合計的總分範圍是0～180分。「語言知識（文字、語彙、文法）、讀解」與「聽解」各占總分的比例是2：1。還有，「語言知識（文字、語彙、文法）、讀解」的得分，不能拆解成「語言知識（文字、語彙、文法）」與「讀解」二項。

　　除此之外，在所有的級數中，「聽解」均占總分的三分之一，較舊制測驗的四分之一為高。

4－3　合格基準

　　舊制測驗是以總分作為合格基準；相對的，新制測驗是以總分與分項成績的門檻二者作為合格基準。所謂的門檻，是指各分項成績至少必須高於該分數。假如有一科分項成績未達門檻，無論總分有多高，都不合格。

新制測驗設定各分項成績門檻的目的，在於綜合評定學習者的日語能力，須符合以下二項條件才能判定為合格：①總分達合格分數（＝通過標準）以上；②各分項成績達各分項合格分數（＝通過門檻）以上。如有一科分項成績未達門檻，無論總分多高，也會判定為不合格。

　　N1-N3及N4、N5之分項成績有所不同，各級總分通過標準及各分項成績通過門檻如下所示：

級數	總分		分項成績					
			言語知識（文字‧語彙‧文法）		讀解		聽解	
	得分範圍	通過標準	得分範圍	通過門檻	得分範圍	通過門檻	得分範圍	通過門檻
N1	0～180分	100分	0～60分	19分	0～60分	19分	0～60分	19分
N2	0～180分	90分	0～60分	19分	0～60分	19分	0～60分	19分
N3	0～180分	95分	0～60分	19分	0～60分	19分	0～60分	19分

級數	總分		分項成績					
			言語知識（文字‧語彙‧文法）		讀解		聽解	
	得分範圍	通過標準	得分範圍	通過門檻	得分範圍	通過門檻	得分範圍	通過門檻
N4	0～180分	90分	0～120分	38分	0～60分	19分	0～60分	19分
N5	0～180分	80分	0～120分	38分	0～60分	19分	0～60分	19分

※上列通過標準自2010年第1回(7月)【N4、N5為2010年第2回(12月)】起適用。

　　缺考其中任一測驗科目者，即判定為不合格。寄發「合否結果通知書」時，含已應考之測驗科目在內，成績均不計分亦不告知。

4－4 測驗結果通知

依級數判定是否合格後，寄發「合否結果通知書」予應試者；合格者同時寄發「日本語能力認定書」。

■ N1, N2, N3

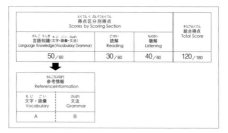

■ N4, N5

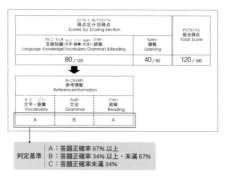

判定基準	A：答題正確率 67% 以上 B：答題正確率 34% 以上，未滿 67% C：答題正確率未滿 34%

※ 各節測驗如有一節缺考就不予計分，即判定為不合格。雖會寄發「合否結果通知書」但所有分項成績，含已出席科目在內，均不予計分。各欄成績以「＊」表示，如「＊＊／60」。

※ 所有科目皆缺席者，不寄發「合否結果通知書」。

二、新日本語能力試驗的考試內容

N4 題型分析

測驗科目 (測驗時間)			試題內容		
			題型	小題 題數 *	分析
語言知識 (30分)	文字、語彙	1	漢字讀音 ◇	9	測驗漢字語彙的讀音。
		2	假名漢字寫法 ◇	6	測驗平假名語彙的漢字寫法。
		3	選擇文脈語彙 ○	10	測驗根據文脈選擇適切語彙。
		4	替換類義詞 ○	5	測驗根據試題的語彙或說法，選擇類義詞或類義說法。
		5	語彙用法 ○	5	測驗試題的語彙在文句裡的用法。
語言知識、讀解 (60分)	文法	1	文句的文法1 （文法形式判斷）○	15	測驗辨別哪種文法形式符合文句內容。
		2	文句的文法2 （文句組構）◆	5	測驗是否能夠組織文法正確且文義通順的句子。
		3	文章段落的文法 ◆	5	測驗辨別該文句有無符合文脈。
	讀解 *	4	理解內容 （短文）○	4	於讀完包含學習、生活、工作相關話題或情境等，約100-200字左右的撰寫平易的文章段落之後，測驗是否能夠理解其內容。
		5	理解內容 （中文）○	4	於讀完包含以日常話題或情境為題材等，約450字左右的簡易撰寫文章段落之後，測驗是否能夠理解其內容。
		6	釐整資訊 ◆	2	測驗是否能夠從介紹或通知等，約400字左右的撰寫資訊題材中，找出所需的訊息。

聽解 (35分)	1	理解問題	◇	8	於聽取完整的會話段落之後，測驗是否能夠理解其內容（於聽完解決問題所需的具體訊息之後，測驗是否能夠理解應當採取的下一個適切步驟）。
	2	理解重點	◇	7	於聽取完整的會話段落之後，測驗是否能夠理解其內容（依據剛才已聽過的提示，測驗是否能夠抓住應當聽取的重點）。
	3	適切話語	◆	5	於一面看圖示，一面聽取情境說明時，測驗是否能夠選擇適切的話語。
	4	即時應答	◆	8	於聽完簡短的詢問之後，測驗是否能夠選擇適切的應答。

＊「小題題數」為每次測驗的約略題數，與實際測驗時的題數可能未盡相同。此外，亦有可能會變更小題題數。

＊有時在「讀解」科目中，同一段文章可能會有數道小題。

資料來源：《日本語能力試驗JLPT官方網站：分項成績‧合格判定‧合否結果通知》。
2016年1月11日，取自：http://www.jlpt.jp/tw/guideline/results.html

N4
vocabulary

JLPT

N4主題單字

活用主題單字
單字大比拼

主題 ❶ 場所、空間與範圍

❶ 裏
おもて
❷ 表
どっち
❷ 何方
とお
❸ 遠く
ほう
❹ ～方
こっち
❶ 此方
さきまえ
❾ 手前
てもと
❿ 手元
すみ
❽ 隅
まわ
❻ 周り
まなか
❺ 真ん中
うち
❹ 内
いがい
❸ 以外
あいだ
❼ 間
あ
❿ 空く

愛死角落了

我要飛不同邊

我是女生♪

海!!!

❶ 裏 うら	裡面；內部	❾ 手前 てまえ	眼前；靠近自己這一邊
❷ 表 おもて	表面；外面	❿ 手元 てもと	身邊，手頭
❸ 以外 いがい	除外，以外	⓫ 此方 こちら	這裡，這邊
❹ 内 うち	…之內；…之中	⓬ 何方 どちら	哪一個
❺ 真ん中 まんなか	正中間	⓭ 遠く とおく	遠處；很遠
❻ 周り まわり	周圍，周邊	⓮ 方 ほう	…方，邊
❼ 間 あいだ	期間；中間	⓯ 空く あく	空著；空隙
❽ 隅 すみ	角落		

主題 ❷ 地點

❶ 地理 ちり	地理	❿ 海岸 かいがん	海岸
❷ 社会 しゃかい	社會，世間	⓫ 湖 みずうみ	湖，湖泊
❸ 西洋 せいよう	西洋	⓬ アジア	[Asia] 亞洲
❹ 世界 せかい	世界；天地	⓭ アフリカ	[Africa] 非洲
❺ 国内 こくない	該國內部，國內	⓮ アメリカ	[America] 美國
❻ 村 むら	村莊，村落	⓯ 県 けん	縣
❼ 田舎 いなか	鄉下；故鄉	⓰ 市 し	市
❽ 郊外 こうがい	郊外	⓱ 町 まち	鎮
❾ 島 しま	島嶼	⓲ 坂 さか	斜坡

Track 1-03

主題 ❶	過去、現在、未来

❶ さっき	剛剛、剛才	❽ 唯今・只今	現在；馬上；我回來了
❷ 夕べ	昨晚	❾ 今夜	今晚
❸ この間	最近；前幾天	❿ 明日	明天
❹ 最近	最近	⓫ 今度	這次；下次
❺ 最後	最後	⓬ 再来週	下下星期
❻ 最初	最初，首先	⓭ 再来月	下下個月
❼ 昔	以前	⓮ 将来	將來

Track 1-04

主題 ❷	時間、時刻、時段

❶ 時	…時，時候	❽ 間に合う	來得及；夠用
❷ 日	天，日子	❾ 朝寝坊	賴床，愛賴床的人
❸ 年	年齡；年	❿ 起こす	叫醒；發生
❹ 始める	開始；開創	⓫ 昼間	白天
❺ 終わり	結束，最後	⓬ 暮れる	天黑；到了尾聲
❻ 急ぐ	快，急忙	⓭ 此の頃	最近
❼ 直ぐに	馬上	⓮ 時代	時代；潮流

「時」、「時代」比一比

時／時候	接在別的詞後面，表示某種「場合」的意思。 本を読むとき／讀書的時候
時代／時代；潮流；歷史	時間進程中作為整體看待的一段時間；或為與時間同步前進的社會；亦指以往的社會。 時代が違う／時代不同。

「この間」、「最近」、「さっき」、「この頃」、「もう直ぐ」比一比

この間／前幾天	在現在之前，不久的某個時候。 この間の夜／幾天前的晚上。
最近／最近	比現在稍前，也指從稍前到現在的期間。可以指幾天、幾個月，甚至幾年。 彼は最近結婚した／他最近結婚了。
さっき／剛剛	表示極近的過去。也就是剛才的意思。多用於日常會話中。 さっきから待っている／已經等你一會兒了。
この頃／近來	籠統地指不久前直到現在。 この頃の若者／時下的年輕人
もう直ぐ／不久	表示非常接近目標。 もうすぐ春が来る／春天馬上就要到來。

「最初」、「始める」比一比

最初／首先	事物的開端。一連串的事情的開頭。 最初に出会った人／首次遇見的人
始める／開始	開始行動，開始做某事的意思。 仕事を始める／開始工作。

「最後」、「終わり」比一比

最後／最後	持續的事物，到了那裡之後就沒有了。也指那一部分。 最後まで戦う／戰到最後。
終わり／結束	持續的事物，到了那裡之後就沒有了。 一日が終わる／一天結束了。

主題 ❶ 寒暄用語

❸ お帰りなさい

❷ いってらっしゃい

❶ 行って参ります

❼ お大事に

❿ お目出度うございます

⓫ それはいけませんね

⓬ ようこそ

❹ よくいらっしゃいました

お弁当

お弁当

❾ お待たせしました

❽ 畏まりました

❺ お陰

❻ お陰様で

❶ 行って参ります	我走了		❼ お大事に	珍重，請多保重
❷ いってらっしゃい	路上小心，慢走		❽ 畏まりました	知道，了解
❸ お帰りなさい	你回來了		❾ お待たせしました	讓您久等了
❹ よくいらっしゃいました	歡迎光臨		❿ お目出度うございます	恭喜
❺ お陰	託福；承蒙關照		⓫ それはいけませんね	那可不行
❻ お蔭様で	託福，多虧		⓬ ようこそ	歡迎

Track 1-06

主題❷ 各種人物

❶ お子さん	您孩子		❾ 店員	店員
❷ 息子さん	令郎		❿ 社長	社長
❸ 娘さん	令媛		⓫ お金持ち	有錢人
❹ お嬢さん	令媛；小姐		⓬ 市民	市民，公民
❺ 高校生	高中生		⓭ 君	你
❻ 大学生	大學生		⓮ 員	人員；…員
❼ 先輩	學長姐；老前輩		⓯ 方	人
❽ 客	客人；顧客			

Track 1-07

主題 ❸ 男女

❶ 男性（だんせい）	男性	❼ 人口（じんこう）	人口
❷ 女性（じょせい）	女性	❽ 皆（みな）	大家；所有的
❸ 彼女（かのじょ）	她；女朋友	❾ 集まる（あつまる）	聚集，集合
❹ 彼（かれ）	他；男朋友	❿ 集める（あつめる）	集合；收集
❺ 彼氏（かれし）	男朋友；他	⓫ 連れる（つれる）	帶領，帶著
❻ 彼等（かれら）	他們	⓬ 欠ける（かける）	缺損；缺少

Track 1-08

主題 ❹ 老幼與家人

❶ 祖父（そふ）	祖父，外祖父	❽ 子（こ）	孩子
❷ 祖母（そぼ）	祖母，外祖母	❾ 赤ちゃん（あかちゃん）	嬰兒
❸ 親（おや）	父母；祖先	❿ 赤ん坊（あかんぼう）	嬰兒；不暗世故的人
❹ 夫（おっと）	丈夫	⓫ 育てる（そだてる）	撫育；培養
❺ 主人（しゅじん）	老公；主人	⓬ 子育て（こそだて）	養育小孩，育兒
❻ 妻（つま）	妻子，太太	⓭ 似る（にる）	相像，類似
❼ 家内（かない）	妻子	⓮ 僕（ぼく）	我

「男」、「男の子」、「男性」比一比

男／男人；男性	人類的性別；又指發育成長為成年人的男子。 男の友達／男性朋友
男の子／男孩	指男性的小孩。從出生、幼兒期、兒童期，直到青年期。 男の子が生まれた／生了男孩。
男性／男性	在人的性別中，不能生孩子的一方。通常指達到成年的人。 男性ホルモン／男性荷爾蒙

「女」、「女の子」、「女性」比一比

女／女人；女性	人類的性別；又指發育成長為成年人的女子。 女は強い／女人很堅強
女の子／女孩	指女性的小孩。從出生、幼兒期、兒童期，直到青年期。 女の子がほしい／想生女孩子。
女性／女性	比「おんな」文雅的詞，一般指年輕的女人。而年齡較高者，用「婦人」。 女性的な男／女性化的男子

「お祖父さん」、「祖父」比一比

お祖父さん ／祖父；老爺爺	對祖父或外祖父的親切稱呼；或對一般老年男子的稱呼。 お祖父さんから聞く／從祖父那裡聽來的。
祖父／祖父	父親的父親，或者是母親的父親。 祖父に会う／和祖父見面。

「お祖母さん」、「祖母」比一比

お祖母さん ／祖母；老奶奶	對祖母或外祖母的親切稱呼；或對一般老年婦女的稱呼。 お祖母さんは元気だ／祖母身體很好。
祖母／祖母	父親的母親，或者是母親的母親。 祖母が亡くなる／祖母過世。

主題 ⑤ 態度、性格

⑩ 騒ぐ

❶ 親切

請適可而止

❺ 一生懸命

❽ 可笑しい

❼ 適当

❻ 優しい

❾ 細かい

❸ 熱心

❷ 丁寧

❹ 真面目

❶❶ 酷い

❶ 親切 <small>しんせつ</small>	親切；客氣	❼ 適当 <small>てきとう</small>	適度；隨便
❷ 丁寧 <small>ていねい</small>	客氣；仔細	❽ 可笑しい <small>お わ</small>	奇怪的；不正常的
❸ 熱心 <small>ねっしん</small>	專注；熱心	❾ 細かい <small>こま</small>	細小；仔細
❹ 真面目 <small>ま じ め</small>	認真；誠實	❿ 騒ぐ <small>さわ</small>	吵鬧；慌張
❺ 一生懸命 <small>いっしょうけんめい</small>	拼命地；一心	⓫ 酷い <small>ひど</small>	殘酷；過分
❻ 優しい <small>やさ</small>	溫柔的；親切的		

主題 ❻　人際關係

❶ 関係 <small>かんけい</small>	關係；影響	❼ 遠慮 <small>えんりょ</small>	客氣；謝絕
❷ 紹介 <small>しょうかい</small>	介紹	❽ 失礼 <small>しつれい</small>	失禮；失陪
❸ 世話 <small>せ わ</small>	幫忙；照顧	❾ 褒める <small>ほ</small>	誇獎
❹ 別れる <small>わか</small>	分別，分開	❿ 役に立つ <small>やく た</small>	有幫助，有用
❺ 挨拶 <small>あいさつ</small>	寒暄，打招呼	⓫ 自由 <small>じ ゆう</small>	自由，隨便
❻ 喧嘩 <small>けん か</small>	吵架	⓬ 習慣 <small>しゅうかん</small>	習慣

主題 ❶ 人體

❸ 毛（け）

❶ 格好・恰好（かっこう・かっこう）

❾ 指（ゆび）

⓫ 血（ち）

❷ 髪（かみ）

❽ 腕（うで）

❻ 喉（のど）

❿ 爪（つめ）

❼ 背中（せなか）

❺ 首（くび）

❹ ひげ

⓬ おなら

❶ 格好・恰好	外表，裝扮	❼ 背中	背部
❷ 髪	頭髮	❽ 腕	胳臂；本領
❸ 毛	頭髮；汗毛	❾ 指	手指
❹ ひげ	鬍鬚	❿ 爪	指甲
❺ 首	頸部，脖子	⓫ 血	血；血緣
❻ 喉	喉嚨	⓬ おなら	屁

主題❷ 生死與體質

Track 1-12

❶ 生きる	活著；生活	❼ 乾く	乾；口渴
❷ 亡くなる	去世，死亡	❽ 太る	肥胖；增加
❸ 動く	移動；行動	❾ 痩せる	瘦；貧瘠
❹ 触る	碰觸；接觸	❿ ダイエット	[diet] 規定飲食；減重
❺ 眠い	睏	⓫ 弱い	虛弱；不擅長
❻ 眠る	睡覺	⓬ 折る	摺疊；折斷

主題 ❸ 疾病與治療

❶ 熱（ねつ）	高溫；發燒	❾ お見舞い（みまい）	探望
❷ インフルエンザ	[influenza] 流行性感冒	❿ 具合（ぐあい）	狀況；方便
❸ 怪我（けが）	受傷；損失	⓫ 治る（なおる）	治癒；痊愈
❹ 花粉症（かふんしょう）	花粉症	⓬ 退院（たいいん）	出院
❺ 倒れる（たおれる）	倒下；垮台；死亡	⓭ ヘルパー	[helper] 幫傭；看護
❻ 入院（にゅういん）	住院	⓮ お医者さん（いしゃ）	醫生
❼ 注射（ちゅうしゃ）	打針	⓯ …てしまう	強調某一狀態或動作；懊悔
❽ 塗る（ぬる）	塗抹、塗上		

主題 ❹ 體育與競賽

❶ 運動（うんどう）	運動；活動	❾ 滑る（すべる）	滑倒；滑動
❷ テニス	[tennis] 網球	❿ 投げる（なげる）	丟；摔；放棄
❸ テニスコート	[tennis court] 網球場	⓫ 試合（しあい）	比賽
❹ 力（ちから）	力氣；能力	⓬ 競争（きょうそう）	競爭、競賽
❺ 柔道（じゅうどう）	柔道	⓭ 勝つ（かつ）	勝利；克服
❻ 水泳（すいえい）	游泳	⓮ 失敗（しっぱい）	失敗
❼ 駆ける・駈ける（かける）	奔跑、快跑	⓯ 負ける（まける）	輸；屈服
❽ 打つ（うつ）	打擊；標記		

「お見舞い」、「訪ねる」比一比

お見舞い／探望	指到醫院探望因生病、受傷等住院的人，並給予安慰和鼓勵。又指為了慰問而寄的信和物品。 お見舞いに行く／去探望。	
訪ねる／拜訪	抱著一定目的，特意到某地或某人家去。 旧友を訪ねる／拜訪故友。	

「治る」、「直る」比一比

治る／變好；改正；治好	指治好病或傷口恢復健康。 傷が治る／治好傷口。	
直る／修好；改正；治好	把壞了的東西，變成理想的東西；又指改掉壞毛病和習慣。 悪癖が直る／改掉壞習慣。	

「倒れる」、「亡くなる」比一比

倒れる／倒下；垮台；死亡	立著的東西倒下；又指站不起來，完全垮了；另指死亡。 家が倒れる／房屋倒塌。	
亡くなる／去世	去世的婉轉說法。是一種避免露骨說「死ぬ」的鄭重的說法。 先生が亡くなる／老師過世。	

「競争」、「試合」比一比

競争／競爭	指向同一目的或終點互不服輸地競爭。 競争に負ける／競爭失敗。	
試合／比賽	在競技或武術中，比較對方的能力或技術以爭勝負。也指其勝負。 試合が終わる／比賽結束。	

「失敗」、「負ける」比一比

失敗／失敗	指心中有一個目的想去達到，結果卻未能如願。 失敗を許す／原諒失敗。	
負ける／輸；屈服	與對手交鋒而戰敗；又指抵不住而屈服。 戦争に負ける／戰敗。	

主題 ❶ 自然與氣象

⑫ 季節(きせつ)

❸ 葉(は)

❶ 枝(えだ)

⑭ やむ　雨停了

❷ 草(くさ)

❺ 植(う)える

⑪ 台風(たいふう)

❻ 折(お)れる

8 月(つき)

9 星(ほし)

⑩ 地震(じしん)　是地震

❼ 雲(くも)

❹ 開(ひら)く

⑬ 冷(ひ)える

❶ 枝 _{えだ}	樹枝；分枝
❷ 草 _{くさ}	草
❸ 葉 _は	葉子，樹葉
❹ 開く _{ひら}	綻放；打開
❺ 植える _う	種植；培養
❻ 折れる _お	折彎；折斷
❼ 雲 _{くも}	雲
❽ 月 _{つき}	月亮
❾ 星 _{ほし}	星星
❿ 地震 _{じ しん}	地震
⓫ 台風 _{たいふう}	颱風

⓬ 季節 _{き せつ}	季節
⓭ 冷える _ひ	變冷；變冷淡
⓮ やむ	停止
⓯ 下がる _さ	下降；降低（溫度）
⓰ 林 _{はやし}	樹林；林立
⓱ 森 _{もり}	樹林
⓲ 光 _{ひかり}	光亮；光明
⓳ 光る _{ひか}	發光；出眾
⓴ 映る _{うつ}	映照；相襯
㉑ どんどん	連續不斷；咚咚聲

主題❷ 各種物質

❶ 空気 _{くう き}	空氣；氣氛
❷ 火 _ひ	火
❸ 石 _{いし}	石頭，岩石
❹ 砂 _{すな}	沙
❺ ガソリン	[gasoline] 汽油
❻ ガラス	[glas] 玻璃

❼ 絹 _{きぬ}	絲
❽ ナイロン	[nylon] 尼龍
❾ 木綿 _{も めん}	棉
❿ ごみ	垃圾
⓫ 捨てる _す	丟掉；放棄
⓬ 固い・硬い・堅い _{かた かた かた}	堅硬；結實

❹ 焼ける

❽ 味見

⑫ 大匙

❻ 沸く

❺ 沸かす

❶ 漬ける

❿ 苦い

⑬ 小匙

❸ 焼く

❷ 包む

❾ 匂い

⑭ コーヒーカップ

⑮ ラップ

❼ 味

⑪ 柔らかい

❶ 漬ける	浸泡；醃		❾ 匂い	味道；風貌
❷ 包む	包起來；隱藏		❿ 苦い	苦；痛苦
❸ 焼く	焚燒；烤		⓫ 柔らかい	柔軟的
❹ 焼ける	烤熟；曬黑		⓬ 大匙	大匙，湯匙
❺ 沸かす	煮沸；使沸騰		⓭ 小匙	小匙，茶匙
❻ 沸く	煮沸；興奮		⓮ コーヒーカップ	[coffee cup] 咖啡杯
❼ 味	味道；滋味		⓯ ラップ	[wrap] 保鮮膜；包裹
❽ 味見	試吃，嚐味道			

主題 ❷ 用餐與食物

❶ 夕飯	晚飯		❽ 残る	剩餘；遺留
❷ 空く	飢餓；數量減少		❾ 食料品	食品
❸ 支度	準備；打扮		❿ 米	米
❹ 準備	準備		⓫ 味噌	味噌
❺ 用意	準備；注意		⓬ ジャム	[jam] 果醬
❻ 食事	用餐；餐點		⓭ 湯	熱開水；洗澡水
❼ 噛む	咬		⓮ 葡萄	葡萄

主題 ❸ 餐廳用餐

❶ 外食（がいしょく）	外食，在外用餐		⓫ おつまみ	下酒菜，小菜	
❷ 御馳走（ごちそう）	請客；豐盛佳餚		⓬ サンドイッチ	[sandwich] 三明治	
❸ 喫煙席（きつえんせき）	吸煙席，吸煙區		⓭ ケーキ	[cake] 蛋糕	
❹ 禁煙席（きんえんせき）	禁煙席，禁煙區		⓮ サラダ	[salad] 沙拉	
❺ 宴会（えんかい）	宴會，酒宴		⓯ ステーキ	[steak] 牛排	
❻ 合コン（ごう）	聯誼		⓰ 天ぷら（てん）	天婦羅	
❼ 歓迎会（かんげいかい）	歡迎會，迎新會		⓱ 大嫌い（だいきら）	極不喜歡，最討厭	
❽ 送別会（そうべつかい）	送別會		⓲ 代わりに（か）	代替；交換	
❾ 食べ放題（たべほうだい）	吃到飽，盡量吃		⓳ レジ	[register 之略] 收銀台	
❿ 飲み放題（のみほうだい）	喝到飽，無限暢飲				

🐱 單字大比拼

「食事（しょくじ）」、「ご飯（はん）」比一比	
食事（しょくじ）／用餐	指為了生存攝取必要的食物。也專就人類而言，包括每日的早、午、晚三餐。 食事（しょくじ）が終わる／吃完飯。
ご飯（はん）／餐	「めし」的鄭重説法。「めし」是用大米、麥子等燒的飯。 「食事（しょくじ）」則是指每日的早、午、晚三餐。 ご飯（はん）を食べる／吃飯。

主題 ❶ 服裝、配件與素材

❶ 着物 (きもの)	衣服；和服	⓫ 糸 (いと)	線；弦
❷ 下着 (したぎ)	內衣，貼身衣物	⓬ 毛 (け)	毛線，毛織物
❸ 手袋 (てぶくろ)	手套	⓭ 線 (せん)	線；線路
❹ イヤリング	[earring] 耳環	⓮ アクセサリー	[accessary] 飾品；零件
❺ 財布 (さいふ)	錢包	⓯ スーツ	[suit] 套裝
❻ 濡れる (ぬれる)	淋濕	⓰ ソフト	[soft] 柔軟；溫柔；軟體
❼ 汚れる (よごれる)	髒污；齷齪	⓱ ハンドバッグ	[handbag] 手提包
❽ サンダル	[sandal] 涼鞋	⓲ 付ける (つける)	裝上；塗上
❾ 履く (はく)	穿（鞋、襪）	⓳ 玩具 (おもちゃ)	玩具
❿ 指輪 (ゆびわ)	戒指		

主題① 内部格局與居家裝潢

⑩掛ける

①屋上 おくじょう

③水道 すいどう

⑨カーテン

⑥押し入れ・押入れ お い おしい

②壁 かべ

⑪飾る かざ

⑧布団 ふとん

⑤畳 たたみ

④応接間 おうせつま

⑦引き出し ひ だ

⑫向かう む

❶ 屋上	屋頂（上）
❷ 壁	牆壁；障礙
❸ 水道	自來水管
❹ 応接間	客廳；會客室
❺ 畳	榻榻米
❻ 押し入れ・押入れ	（日式的）壁櫥

❼ 引き出し	抽屜
❽ 布団	棉被
❾ カーテン	[curtain] 窗簾；布幕
❿ 掛ける	懸掛；坐
⓫ 飾る	擺飾；粉飾
⓬ 向かう	面向

主題 ❷ 居住

❶ 建てる	建造
❷ ビル	[building 之略] 高樓，大廈
❸ エスカレーター	[escalator] 自動手扶梯
❹ お宅	您府上，貴府
❺ 住所	地址
❻ 近所	附近；鄰居
❼ 留守	不在家；看家
❽ 移る	移動；傳染

❾ 引っ越す	搬家
❿ 下宿	寄宿，住宿
⓫ 生活	生活
⓬ 生ごみ	廚餘，有機垃圾
⓭ 燃えるごみ	可燃垃圾
⓮ 不便	不方便
⓯ 二階建て	二層建築

Track 1-23

主題 ❸	家具、電器與道具

❶ 鏡 (かがみ)	鏡子	❾ コインランドリー	[coin-operated laundry] 自助洗衣店
❷ 棚 (たな)	架子，棚架	❿ ステレオ	[stereo] 音響
❸ スーツケース	[suitcase] 手提旅行箱	⓫ 携帯電話 (けいたいでんわ)	手機，行動電話
❹ 冷房 (れいぼう)	冷氣	⓬ ベル	[bell] 鈴聲
❺ 暖房 (だんぼう)	暖氣	⓭ 鳴る (なる)	響，叫
❻ 電灯 (でんとう)	電燈	⓮ 道具 (どうぐ)	工具；手段
❼ ガスコンロ	[gas—] 瓦斯爐，煤氣爐	⓯ 機械 (きかい)	機械
❽ 乾燥機 (かんそうき)	乾燥機，烘乾機	⓰ タイプ	[type] 款式；類型；打字

Track 1-24

主題 ❹	使用道具

❶ 点ける (つける)	打開（家電類）；點燃	❼ 壊れる (こわれる)	壞掉；故障
❷ 点く (つく)	點上，（火）點著	❽ 割れる (われる)	破掉；分裂
❸ 回る (まわる)	轉動；旋轉	❾ 無くなる (なくなる)	不見；用光了
❹ 運ぶ (はこぶ)	運送；搬運	❿ 取り替える (とりかえる)	交換；更換
❺ 止める (とめる)	關掉；停止；戒掉	⓫ 直す (なおす)	修理；改正
❻ 故障 (こしょう)	故障	⓬ 直る (なおる)	修理；回復

「止む」、「止める」比一比

止む/停止	繼續至今的事物結束了。 風が止む/風停了。
止める/停止； 止住	使活動的東西不動；也指使繼續的東西停止了。 車を止める/把車停下。

「運ぶ」、「届ける」比一比

運ぶ/運送； 搬；進行	用車運送等方式移到別的地方；又指按計畫把事物推進到下一個階段。 乗客を運ぶ/載客人。
届ける/送達； 報告；送交	把東西拿到對方那裡；或向機關、公司或學校申報。 書類を届ける/把文件送到。

「ベル」、「声」比一比

ベル/鈴聲	用來預告或警告的電鈴。 ベルを押す/按鈴。
声/聲音	由人或動物口中發出的聲音。 やさしい声で/用溫柔的聲音

「点ける」、「点く」比一比

点ける/打開	把火點燃；又指把家電的電源打開，使家電運轉。 クーラーをつける/開冷氣。
点く/點上； 點著	指打開電器的開關；又指火開始燃燒。 電灯が点いた/電燈亮了。

「壊れる」、「故障」比一比

壊れる/毀壞； 故障	東西損壞或弄碎，變得不能使用；又指東西變舊或因錯誤的用法，變得沒有用了。 電話が壊れている/電話壞了。
故障/故障	指機器或身體的一部分，發生不正常情況，不能正常地活動。 機械が故障した/機器故障。

主題 ① 各種機關與設施

❶ 床屋

❷ 講堂

❸ 会場

❹ 事務所

❺ 教会

❻ 神社

❼ 寺

❽ 動物園

❾ 美術館

❿ 駐車場

⓫ 空港

⓬ 飛行場

⓭ 港

⓮ 工場

⓯ スーパー

❶ 床屋 とこや	理髮店；理髮室	❾ 美術館 びじゅつかん	美術館
❷ 講堂 こうどう	禮堂	❿ 駐車場 ちゅうしゃじょう	停車場
❸ 会場 かいじょう	會場	⓫ 空港 くうこう	機場
❹ 事務所 じむしょ	辦公室	⓬ 飛行場 ひこうじょう	機場
❺ 教会 きょうかい	教會	⓭ 港 みなと	港口，碼頭
❻ 神社 じんじゃ	神社	⓮ 工場 こうじょう	工廠
❼ 寺 てら	寺廟	⓯ スーパー	[supermarket 之略] 超級市場
❽ 動物園 どうぶつえん	動物園		

Track 1-26

主題 ❷ 交通工具與交通

❶ 乗り物 のりもの	交通工具	❾ 交通 こうつう	交通
❷ オートバイ	[auto bicycle] 摩托車	❿ 通り とおり	道路，街道
❸ 汽車 きしゃ	火車	⓫ 事故 じこ	意外，事故
❹ 普通 ふつう	普通；普通車	⓬ 工事中 こうじちゅう	施工中；(網頁) 建製中
❺ 急行 きゅうこう	急行；快車	⓭ 忘れ物 わすれもの	遺忘物品，遺失物
❻ 特急 とっきゅう	特急列車；火速	⓮ 帰り かえり	回來；回家途中
❼ 船・舟 ふね・ふね	船；小型船	⓯ 番線 ばんせん	軌道線編號，月台編號
❽ ガソリンスタンド	[gasoline+stand] 加油站		

主題 ❸　交通相關

❶ 一方通行 <small>いっぽうつうこう</small>	單行道；單向傳達	❽ 指定席 <small>していせき</small>	劃位座，對號入座
❷ 内側 <small>うちがわ</small>	内部，裡面	❾ 自由席 <small>じゆうせき</small>	自由座
❸ 外側 <small>そとがわ</small>	外部，外面	❿ 通行止め <small>つうこうど</small>	禁止通行，無路可走
❹ 近道 <small>ちかみち</small>	捷徑，近路	⓫ 急ブレーキ <small>きゅう</small>	[—brake] 緊急剎車
❺ 横断歩道 <small>おうだん ほ どう</small>	斑馬線	⓬ 終電 <small>しゅうでん</small>	末班車
❻ 席 <small>せき</small>	座位；職位	⓭ 信号無視 <small>しんごう む し</small>	違反交通號誌
❼ 運転席 <small>うんてんせき</small>	駕駛座	⓮ 駐車違反 <small>ちゅうしゃ い はん</small>	違規停車

主題 ❹　使用交通工具

❶ 運転 <small>うんてん</small>	駕駛；運轉	❽ 下りる・降りる <small>お　　お</small>	下來；下車
❷ 通る <small>とお</small>	經過；通過	❾ 注意 <small>ちゅうい</small>	注意，小心
❸ 乗り換える <small>の　か</small>	轉乘，換車	❿ 通う <small>かよ</small>	來往；通連
❹ 車内アナウンス <small>しゃない</small>	[—announce] 車廂內廣播	⓫ 戻る <small>もど</small>	回到；折回
❺ 踏む <small>ふ</small>	踩住；踏上	⓬ 寄る <small>よ</small>	順道去…；接近
❻ 止まる <small>と</small>	停止；止住	⓭ 揺れる <small>ゆ</small>	搖動；動搖
❼ 拾う <small>ひろ</small>	撿拾；挑出；叫車		

「内」、「内側」比一比

<ruby>内<rt>うち</rt></ruby>／<ruby>内部<rt>ないぶ</rt></ruby>	指空間或物體的內部；又指時間或數量在一定的範圍以內。 <ruby>内<rt>うち</rt></ruby>からかぎをかける／從裡面上鎖。
<ruby>内側<rt>うちがわ</rt></ruby>／<ruby>内側<rt>うちがわ</rt></ruby>	指空間或物體的內部、內側、裡面。 <ruby>内側<rt>うちがわ</rt></ruby>へ<ruby>開<rt>ひら</rt></ruby>く／往裡開。

「外」、「外側」比一比

<ruby>外<rt>そと</rt></ruby>／<ruby>外面<rt>そとづら</rt></ruby>	沒被包住的部分，寬廣的地方；走出建築物或車外的地方。 <ruby>外<rt>そと</rt></ruby>で<ruby>遊<rt>あそ</rt></ruby>ぶ／在外面玩。
<ruby>外側<rt>そとがわ</rt></ruby>／<ruby>外側<rt>そとがわ</rt></ruby>	指空間或物體的外部、外面、外側。 <ruby>塀<rt>へい</rt></ruby>の<ruby>外側<rt>そとがわ</rt></ruby>を<ruby>歩<rt>ある</rt></ruby>く／沿著牆外走。

「運転」、「走る」比一比

<ruby>運転<rt>うんてん</rt></ruby>／運轉； 駕駛；周轉	指用動力操縱機器、交通工具等；又指善於周轉資金，加以活用。 <ruby>運転<rt>うんてん</rt></ruby>を<ruby>習<rt>なら</rt></ruby>う／學開車。
<ruby>走<rt>はし</rt></ruby>る／跑；行駛	人或動物以比步行快的速度移動腳步前進；還有人和動物以外的物體以高速移動之意。 <ruby>一生懸命<rt>いっしょうけんめい</rt></ruby>に<ruby>走<rt>はし</rt></ruby>る／拼命地跑。

「通る」、「過ぎる」比一比

<ruby>通<rt>とお</rt></ruby>る／經過； 穿過；合格	表示通過、經過；又指從某物中穿過，從另一側出來；還指經過考試和審查，被認為合格。 <ruby>鉄橋<rt>てっきょう</rt></ruby>を<ruby>通<rt>とお</rt></ruby>る／通過鐵橋。
<ruby>過<rt>す</rt></ruby>ぎる／超過； 過於	表示數量超過了某個界線；又指程度超過一般水平；還指時間經過。 <ruby>冗談<rt>じょうだん</rt></ruby>が<ruby>過<rt>す</rt></ruby>ぎる／玩笑開得過火。

「揺れる」、「動く」比一比

<ruby>揺<rt>ゆ</rt></ruby>れる／搖動； 躊躇	指搖晃晃地動搖；又指心情不穩定。 <ruby>車<rt>くるま</rt></ruby>が<ruby>揺<rt>ゆ</rt></ruby>れる／車子晃動。
<ruby>動<rt>うご</rt></ruby>く／移動； 搖動；運動	移動到與以前不同的地方；又指搖動或運動；還指機器或組織等發揮作用。 <ruby>手<rt>て</rt></ruby>が<ruby>痛<rt>いた</rt></ruby>くて<ruby>動<rt>うご</rt></ruby>かない／手痛得不能動。

主題 ❶ 休閒、旅遊

⑬ 泊(と)まる

⑩ 景色(けしき)

⑫ 旅館(りょかん)

❸ 珍(めずら)しい

❹ 釣(つ)る

⑭ お土産(みやげ)

❷ 小鳥(ことり)

⑪ 見(み)える

❼ 案内(あんない)

❽ 見物(けんぶつ)

❺ 予約(よやく)

❶ 遊(あそ)び

❻ 出発(しゅっぱつ)

❾ 楽(たの)しむ

❶ 遊び	遊玩；不做事		❽ 見物	觀光，參觀
❷ 小鳥	小鳥		❾ 楽しむ	享受；期待
❸ 珍しい	少見，稀奇		❿ 景色	景色，風景
❹ 釣る	釣魚；引誘		⓫ 見える	看見；看得見
❺ 予約	預約		⓬ 旅館	旅館
❻ 出発	出發；開始		⓭ 泊まる	住宿；停泊
❼ 案内	引導；陪同遊覽		⓮ お土産	當地名產；禮物

主題❷ 藝文活動

❶ 趣味	嗜好；趣味		❾ ラップ	[rap]饒舌樂，饒舌歌
❷ 興味	興趣		❿ 音	聲音；音訊
❸ 番組	節目		⓫ 聞こえる	聽得見；聽起來像…
❹ 展覧会	展覽會		⓬ 写す	抄；照相
❺ 花見	賞花		⓭ 踊り	舞蹈
❻ 人形	洋娃娃，人偶		⓮ 踊る	跳舞；不平穩
❼ ピアノ	[piano]鋼琴		⓯ うまい	拿手；好吃
❽ コンサート	[concert]音樂會			

主題 ③ 節日

❶ 正月	正月，新年	**❼ 贈り物**	贈品，禮物
❷ お祭り	慶典，祭典	**❽ 美しい**	美好的；美麗的
❸ 行う・行なう	舉行，舉辦	**❾ 上げる**	給；送
❹ お祝い	慶祝；祝賀禮品	**❿ 招待**	邀請
❺ 祈る	祈禱；祝福	**⓫ お礼**	謝辭，謝禮
❻ プレゼント	[present] 禮物		

🐈‍⬛ 單字大比拼

「お祝い」、「祈る」比一比	
お祝い／祝賀	有喜慶的事時，把歡樂心情用語言和行動表達出來。 お祝いを述べる／致賀詞，道喜。
祈る／祈禱；祝福	指求助神佛的力量，祈求好事降臨；又指衷心希望對方好事來臨。 成功を祈る／祈求成功。

「招待」、「ご馳走」比一比	
招待／邀請	指主人宴請客人來作客。用在鄭重的場合。 招待を受ける／接受邀請。
ご馳走／款待；請客	指拿出各種好吃的東西，招待客人；又指比平時費錢、費時做的豐盛飯菜。 ご馳走になる／被請吃飯。

「プレゼント」、「贈り物」比一比	
プレゼント／禮物；禮品	指贈送禮品。也指禮品。 プレゼントをもらう／收到禮物。
贈り物／贈品；禮品	贈送給別人的物品。 贈り物をする／送禮。

主題 ❶ 學校與科目

❶ きょういく 教育	教育		❽ けいざいがく 経済学	經濟學
❷ しょうがっこう 小学校	小學		❾ い がく 医学	醫學
❸ ちゅうがっこう 中学校	中學		❿ けんきゅうしつ 研究室	研究室
❹ こうこう こうとうがっこう 高校・高等学校	高中		⓫ か がく 科学	科學
❺ がく ぶ 学部	…科系；…院系		⓬ すうがく 数学	數學
❻ せんもん 専門	攻讀科系		⓭ れき し 歴史	歷史
❼ げん ご がく 言語学	語言學		⓮ けんきゅう 研究	研究

主題 ❷ 學生生活（一）

❶ にゅうがく 入学	入學		❼ し けん 試験	試驗；考試
❷ よ しゅう 予習	預習		❽ レポート	[report] 報告
❸ け 消しゴム	[—gom] 橡皮擦		❾ ぜん き 前期	前期，上半期
❹ こう ぎ 講義	講義，上課		❿ こう き 後期	後期，下半期
❺ じ てん 辞典	字典		⓫ そつぎょう 卒業	畢業
❻ ひるやす 昼休み	午休		⓬ そつぎょうしき 卒業式	畢業典禮

主題 ❸ 學生生活（二）

❶ 英会話 （えいかいわ）	英語會話		❼ 点 （てん）	（得）分；方面
❷ 初心者 （しょしんしゃ）	初學者		❽ 落ちる （おちる）	掉落；降低
❸ 入門講座 （にゅうもんこうざ）	入門課程，初級課程		❾ 復習 （ふくしゅう）	複習
❹ 簡単 （かんたん）	簡單；輕易		❿ 利用 （りよう）	利用
❺ 答え （こたえ）	答覆；答案		⓫ 苛める （いじめる）	欺負；捉弄
❻ 間違える （まちがえる）	錯；弄錯		⓬ 眠たい （ねむたい）	昏昏欲睡，睏倦

🐱 單字大比拼

「簡単（かんたん）」、「易（やさ）しい」比一比	
簡単（かんたん）／簡單	事物不複雜，容易處理。 簡単（かんたん）に述（の）べる／簡單陳述。
易（やさ）しい／容易	表示做事時，不需要花費太多時間、勞力和能力的樣子。 やさしい本（ほん）／簡單易懂的書

「答（こた）え」、「返事（へんじ）」比一比	
答（こた）え／答覆； 答案	對來自對方的提問，用語言或姿勢來回答；又指分析問題得到的結果。 答（こた）えが合（あ）う／答案正確。
返事（へんじ）／回答	指回答別人的招呼、詢問等。也指其回答的話。 返事（へんじ）をしなさい／回答我啊。

「落（お）ちる」、「下（お）りる」比一比	
落（お）ちる／掉落； 降低	指從高處以自己身體的重量向下降落；又指程度、質量或力量等下降。 二階（にかい）から落（お）ちる／從二樓摔下來。
下（お）りる／下來； 下車；退位	從高處向低處移動；又指從交通工具上下來；還指辭去職位。 山（やま）を下（お）りる／下山。

学校／學校	把人們集中在一起，進行教育的地方。有小學、中學、高中、大學、職業學校等。 学校に行く／去學校。
小学校／小學	義務教育中，對兒童、少年實施最初六年教育的學校。 小学校に上がる／上小學。
中学校／中學	小學畢業後進入的，接受三年中等普通教育的義務制學校。 中学校に入る／上中學。
高校・高等学校／高中	為使初中畢業生，繼續接受高等普通教育，或專科教育而設立的三年制學校。 高校一年生／高中一年級生
大学／大學	在高中之上，學習專門之事的學校。日本有只念兩年的大學叫「短大」。 大学に入る／進大學。
学部／科系	「学部」是指大學裡，根據學術領域而大體劃分的單位。院系。 理学部／理學院
先生／老師	在學校等居於教育，指導別人的人；又指對高職位者的敬稱如：醫生、政治家等。 先生になる／當老師。
生徒／學生（小學～高中）	在學校學習的人，特別是指在小學、中學、高中學習的人。 生徒が増える／學生增加。
学生／學生（大專院校）	上學校受教育的人。在日本嚴格說來，是指大學生或短大的學生。 学生を教える／教學生。
入学／入學	指小學生、中學生、大學生為了接受教育而進入學校。 大学に入学する／上大學。
卒業／畢業	指學完必修的全部課程，離開學校；又指充分地做過該事，已經沒有心思和必要再做。 大学を卒業する／大學畢業。

主題 ① 職業、事業

⑤ 警察 けいさつ
⑥ 校長 こうちょう
⑦ 公務員 こうむいん
⑩ 新聞社 しんぶんしゃ
⑪ 工業 こうぎょう
① 受付 うけつけ
⑧ 歯医者 はいしゃ
800円 1h
⑫ 時給 じきゅう
③ 看護師 かんごし
② 運転手 うんてんしゅ
⑨ アルバイト
⑬ 見付ける みつける
④ 警官 けいかん
⑭ 探す・捜す さがす・さがす

❶ 受付 うけつけ	詢問處；受理		❽ 歯医者 はいしゃ	牙醫
❷ 運転手 うんてんしゅ	司機		❾ アルバイト	[arbeit] 打工，副業
❸ 看護師 かんごし	護士，護理師		❿ 新聞社 しんぶんしゃ	報社
❹ 警官 けいかん	警察；巡警		⓫ 工業 こうぎょう	工業
❺ 警察 けいさつ	警察；警察局		⓬ 時給 じきゅう	時薪
❻ 校長 こうちょう	校長		⓭ 見付ける みつける	找到；目睹
❼ 公務員 こうむいん	公務員		⓮ 探す・捜す さがす・さがす	尋找，找尋

主題 ❷ 職場工作

❶ 計画	計劃	❽ 両方	兩方，兩種
❷ 予定	預定	❾ 都合	情況，方便度
❸ 途中	中途；半途	❿ 手伝う	幫忙
❹ 片付ける	收拾；解決	⓫ 会議	會議
❺ 訪ねる	拜訪，訪問	⓬ 技術	技術
❻ 用	事情；用途	⓭ 売り場	賣場；出售好時機
❼ 用事	事情；工作		

主題 ❸ 職場生活

❶ オフ	[off]關；休假；折扣	❽ 謝る	道歉；認錯
❷ 遅れる	遲到；緩慢	❾ 辞める	取消；離職
❸ 頑張る	努力，加油	❿ 機会	機會
❹ 厳しい	嚴格；嚴酷	⓫ 一度	一次；一旦
❺ 慣れる	習慣；熟悉	⓬ 続く	繼續；接連
❻ 出来る	完成；能夠	⓭ 続ける	持續；接著
❼ 叱る	責備，責罵	⓮ 夢	夢

⑮ パート	[part] 打工；部分	㉒ 別 <small>べつ</small>	別的；區別
⑯ 手伝い <small>てつだ</small>	幫助；幫手	㉓ 迎える <small>むか</small>	迎接；邀請
⑰ 会議室 <small>かい ぎ しつ</small>	會議室	㉔ 済む <small>す</small>	完結；解決
⑱ 部長 <small>ぶ ちょう</small>	經理，部長	㉕ 寝坊 <small>ね ぼう</small>	睡懶覺，貪睡晚起的人
⑲ 課長 <small>か ちょう</small>	課長，科長	㉖ やめる	停止
⑳ 進む <small>すす</small>	前進；上升	㉗ 一般 <small>いっ ぱん</small>	一般，普通
㉑ チェック	[check] 檢查		

主題❹ 電腦相關（一）

❶ ノートパソコン	[notebook personal computer 之略] 筆記型電腦	❽ インターネット	[internet] 網際網路
❷ デスクトップ	[desktop] 桌上型電腦	❾ ホームページ	[homepage] 網站首頁；網頁
❸ キーボード	[keyboard] 鍵盤；電子琴	❿ ブログ	[blog] 部落格
❹ マウス	[mouse] 滑鼠；老鼠	⓫ インストール	[install] 安裝（軟體）
❺ スタートボタン	[start button] 開機鈕	⓬ 受信 <small>じゅしん</small>	接收；收聽
❻ クリック	[click] 按按鍵	⓭ 新規作成 <small>しん き さくせい</small>	新作；開新檔案
❼ 入力 <small>にゅうりょく</small>	輸入；輸入數據	⓮ 登録 <small>とうろく</small>	登記；註冊

主題 ❺ 電腦相關（二）

❶ メール
❷ メールアドレス
❸ アドレス
❹ 宛先　00000@000.00.jp
❺ 件名　商品代金のお支払いについて（お願い）

××株式会社 高橋 一郎様

いつもお世話になります。

××××××××××｜×××××
××××××××××。❻ 挿入

では、よろしくお願いします。

****
××株式会社
第三営業部 山田 花子 ❼ 差出人
東京都大田区平和島×××
E-mail: yamada@0000.jp
Tel:00-0000-0000 Fax:00-0000-0000
****

❷ メールアドレス
❸ アドレス

⑭ 返信　⑩ 転送　⑪ キャンセル
⑫ ファイル
⑬ 保存　⑧ 添付　⑨ 送信

啊！信件積一堆，要快點回信啦！

❶ メール	[mail] 電子郵件；信息	⑩ 転送	轉送，轉寄
❷ メールアドレス	[mail address] 電子郵件地址	⑪ キャンセル	[cancel] 取消；廢除
❸ アドレス	[address] 住址；（電子信箱）地址	⑫ ファイル	[file] 文件夾；（電腦）檔案
❹ 宛先	收件人姓名地址	⑬ 保存	保存；儲存檔案
❺ 件名	項目名稱；郵件主旨	⑭ 返信	回信，回電
❻ 挿入	插入，裝入	⑮ コンピューター	[computer] 電腦
❼ 差出人	發信人，寄件人	⑯ スクリーン	[screen] 螢幕
❽ 添付	添上；附加檔案	⑰ パソコン	[personal computer 之略] 個人電腦
❾ 送信	發送郵件；播送	⑱ ワープロ	[word processor 之略] 文字處理機

主題 ❶ 經濟與交易

❶ 経済 けいざい	經濟	❽ 値段 ねだん	價錢
❷ 貿易 ぼうえき	貿易	❾ 下げる さ	降低；整理
❸ 盛ん さか	繁盛，興盛	❿ 上がる あ	登上；上升
❹ 輸出 ゆしゅつ	出口	⓫ 呉れる く	給我
❺ 品物 しなもの	物品；貨品	⓬ 貰う もら	收到，拿到
❻ 特売品 とくばいひん	特賣品，特價品	⓭ 遣る や	給予；做
❼ バーゲン	[bargain sale 之略] 特賣，出清	⓮ 中止 ちゅうし	中止

主題 ❷ 金融

❶ 通帳記入 つうちょうきにゅう	補登錄存摺	❽ 億 おく	億；數量眾多
❷ 暗証番号 あんしょうばんごう	密碼	❾ 払う はら	付錢；揮去
❸ キャッシュカード	[cash card] 金融卡，提款卡	❿ お釣り つ	找零
❹ クレジットカード	[credit card] 信用卡	⓫ 生産 せいさん	生產
❺ 公共料金 こうきょうりょうきん	公共費用	⓬ 産業 さんぎょう	產業
❻ 仕送り しおく	匯寄生活費或學費	⓭ 割合 わりあい	比，比例
❼ 請求書 せいきゅうしょ	帳單，繳費單		

主題 ③ 政治、法律

❶ 国際 こくさい	國際	❼ 法律 ほうりつ	法律
❷ 政治 せいじ	政治	❽ 約束 やくそく	約定，規定
❸ 選ぶ えらぶ	選擇	❾ 決める きめる	決定；規定
❹ 出席 しゅっせき	出席	❿ 立てる たてる	立起；揚起
❺ 戦争 せんそう	戰爭；打仗	⓫ 浅い あさい	淺的；淡的
❻ 規則 きそく	規則，規定	⓬ もう一つ ひとつ	更；再一個

單字大比拼

「立てる」、「立つ」比一比	
立てる／立起	把棒子那樣長的東西，或板子那樣扁的東西的一端或一邊朝上安放；又指定立計畫等。 本を立てる／把書立起來。
立つ／站立	物體不離原地，呈上下豎立狀態；坐著的人或動物站起。 電柱が立つ／立著電線桿。

「薄い」、「浅い」比一比	
薄い／薄的	表示東西的厚度薄，沒有深度；又指顏色或味道淡。 薄い紙／薄紙
浅い／淺的	表示到離底部或裡面的距離短；又表示程度或量小的樣子。 見識が浅い／見識淺。

「厚い」、「深い」比一比	
厚い／厚的	從一面到相反的一面的距離大或深；一般有多厚因東西的不同而異，並沒有絕對的標準。 厚いコート／厚的外套
深い／深的	表示到離底部或裡面的距離長。在語感上以頭部為基準，向深處發展；又表示程度或量大的樣子。 仲が深い／關係深。

主題④ 犯罪

⑩ 捕_{つか}まえる

⑭ 安全_{あんぜん}

⑨ 逃_にげる

④ 泥棒_{どろぼう}

⑪ 見付_{みつ}かる

⑧ 壊_{こわ}す

嗚~ 運氣好背喔~

⑦ 盗_{ぬす}む

① 痴漢_{ちかん}

⑤ 無_なくす

③ すり

⑫ 火事_{かじ}

⑥ 落_おとす

② ストーカー

⑬ 危険_{きけん}

❶ 痴漢 ち かん	色狼		❽ 壊す こわ	弄碎；破壞
❷ ストーカー	[stalker] 跟蹤狂		❾ 逃げる に	逃走；逃避
❸ すり	扒手		❿ 捕まえる つか	逮捕，抓
❹ 泥棒 どろぼう	偷竊；小偷		⓫ 見付かる み つ	發現了；找到
❺ 無くす な	弄丟，搞丟		⓬ 火事 か じ	火災
❻ 落とす お	掉下；弄掉		⓭ 危険 き けん	危險
❼ 盗む ぬす	偷盜，盜竊		⓮ 安全 あんぜん	安全；平安

單字大比拼

「無くす」、「落とす」比一比

無くす／丟失	自己原本持有的東西，不知道放到哪裡去了。這些東西包括如錢包、書本、手錶或資料、證書等。 財布をなくす／弄丟錢包。
落とす／掉下；弄掉	表示使落下；又表示自己原本持有的東西，不知道什麼時候弄丟了。 財布を落とす／掉了錢包。

「消す」、「無くなる」比一比

消す／關閉；消失；熄滅	關上電器用品，如電視電腦等以電驅動的開關，使其不再運轉；或滅掉火或光。 電気を消す／關電燈。
無くなる／遺失；用完	原有的東西不見了；又指用光了，沒有了。 米が無くなった／沒米了。

「見つかる」、「探す」比一比

見つかる／被發現；找到	被發現，被看到；又指能找到。 落とし物が見つかる／找到遺失物品。
探す／尋找	想要找出需要的或丟失的物或人。 読みたい本を探す／尋找想看的書。

主題 ❶ 數量、次數、形狀與大小

❶ 以下（いか）	不到…；在…以下		❽ 増える（ふえる）	增加
❷ 以内（いない）	不超過…；以內		❾ 形（かたち）	形狀；樣子
❸ 以上（いじょう）	超過；上述		❿ 大きな（おおきな）	大、大的
❹ 足す（たす）	補足，增加		⓫ 小さな（ちいさな）	小的；年齡幼小
❺ 足りる（たりる）	足夠；可湊合		⓬ 緑（みどり）	綠色
❻ 多い（おおい）	多的		⓭ 深い（ふかい）	深的；濃的
❼ 少ない（すくない）	少			

單字大比拼

「沢山」、「多い」、「大きな」比一比	
沢山（たくさん）／多量	當「副詞」時，表數量很多。當「形容動詞」時，表已經足夠，再也不需要。 たくさんある／有很多。
多い（おお）／多	客觀地表示數量、次數、比例多的樣子。 宿題（しゅくだい）が多（おお）い／功課很多。
大きな（おお）／大的	表示數量或程度，所佔的比例很大。 非常（ひじょう）に大（おお）きい／非常大。

「少し」、「少ない」、「小さな」比一比	
少し（すこ）／少量	數量少、時間短、距離近、程度小的樣子。 もう少（すこ）し／再一點點
少ない（すく）／少	客觀地表示數量、次數、比例少，少到幾乎近於零的樣子。 友達（ともだち）が少（すく）ない／朋友很少。
小さな（ちい）／小的	指數量或程度比例的輕微；又指年齡幼小。 小（ちい）さな時計（とけい）／小錶

主題 ❶ 心理及感情

❶ 心 こころ	內心；心情	❽ 怖い こわ	可怕，害怕
❷ 気 き	氣息；心思	❾ 邪魔 じゃま	妨礙；拜訪
❸ 気分 きぶん	情緒；身體狀況	❿ 心配 しんぱい	擔心，操心
❹ 気持ち きも	心情；感覺	⓫ 恥ずかしい は	丟臉；難為情
❺ 安心 あんしん	放心，安心	⓬ 複雑 ふくざつ	複雜
❻ 凄い すご	厲害；非常	⓭ 持てる も	能拿；受歡迎
❼ 素晴しい すば	出色，很好	⓮ ラブラブ	[lovelove] 甜蜜，如膠似漆

單字大比拼

「気分」、「気持ち」比一比

気分／情緒；身體狀況；氣氛	每時每刻的感情、心理狀態；又指身體狀況；還指整體籠罩的氣氛。 気分転換する／轉換心情。
気持ち／心情	接觸某事物或某人自然產生的感情或內心的想法；由身體狀況引起的好壞的感覺。 気持ちが悪い／感到噁心。

「凄い」、「素晴しい」比一比

凄い／厲害；非常	感到恐怖、驚嚇、憤慨等意；又形容好的事物，帶有驚訝的語氣；亦為程度大的樣子。 すごい人気だった／超人氣。
素晴らしい／出色；極好	表示非常出色而無條件感嘆的樣子。 素晴らしい効果がある／成效極佳。

主題 ❷ 喜怒哀樂

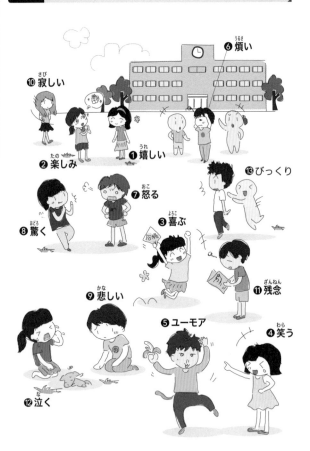

⑩ 寂しい
❷ 楽しみ
❶ 嬉しい
⑥ 煩い
⑦ 怒る
⑬ びっくり
⑧ 驚く
❸ 喜ぶ
⑪ 残念
❾ 悲しい
⑤ ユーモア
⑫ 泣く
❹ 笑う

❶ 嬉しい	高興，喜悅		❽ 驚く	驚嚇，吃驚
❷ 楽しみ	期待；快樂		❾ 悲しい	悲傷，悲哀
❸ 喜ぶ	高興		❿ 寂しい	孤單；寂寞
❹ 笑う	笑；譏笑		⓫ 残念	遺憾，可惜
❺ ユーモア	[humor] 幽默，滑稽		⓬ 泣く	哭泣
❻ 煩い	吵鬧；煩人的		⓭ びっくり	驚嚇，吃驚
❼ 怒る	生氣；斥責			

主題 ❸ 傳達、通知與報導

❶ 電報	電報		❼ 尋ねる	打聽；詢問
❷ 届ける	送達；送交		❽ 調べる	調查，檢查
❸ 送る	寄送；送行		❾ 返事	回答，回覆
❹ 知らせる	通知，讓對方知道		❿ 天気予報	天氣預報
❺ 伝える	傳達，轉告		⓫ 放送	播映，播放
❻ 連絡	聯繫，聯絡			

主題 ❹ 思考與判斷

❶ 思い出す	想起來，回想	❾ 場合	時候；狀況
❷ 思う	思考；覺得	❿ 変	奇怪；變化
❸ 考える	思考；考慮	⓫ 特別	特別，特殊
❹ はず	應該；會	⓬ 大事	保重；重要
❺ 意見	意見；勸告	⓭ 相談	商量
❻ 仕方	方法，做法	⓮ …に拠ると	根據，依據
❼ まま	如實，照舊	⓯ あんな	那樣地
❽ 比べる	比較	⓰ そんな	那樣的

主題 ❺ 理由與決定

❶ ため	為了；因為	❽ 必要	需要
❷ 何故	為什麼	❾ 宜しい	好，可以
❸ 原因	原因	❿ 無理	勉強；不講理
❹ 理由	理由，原因	⓫ 駄目	不行；沒用
❺ 訳	原因；意思	⓬ つもり	打算；當作
❻ 正しい	正確；端正	⓭ 決まる	決定；規定
❼ 合う	一致；合適	⓮ 反対	相反；反對

主題 ❻ 理解

❶ 経験 けいけん	經驗，經歷		❾ 変える か	改變；變更
❷ 事 こと	事情		❿ 変わる か	改變；奇怪
❸ 説明 せつめい	說明		⓫ あっ	啊；喂
❹ 承知 しょうち	知道；接受		⓬ おや	哎呀
❺ 受ける う	接受；受到		⓭ うん	嗯；對
❻ 構う かま	在意，理會		⓮ そう	那樣；是
❼ 嘘 うそ	謊話；不正確		⓯ …について	關於
❽ なるほど	的確；原來如此			

主題 ❼ 語言與出版物

❶ 会話 かい わ	會話，對話		❼ 文学 ぶんがく	文學
❷ 発音 はつおん	發音		❽ 小説 しょうせつ	小說
❸ 字 じ	字，文字		❾ テキスト	[text] 教科書
❹ 文法 ぶんぽう	文法		❿ 漫画 まんが	漫畫
❺ 日記 にっき	日記		⓫ 翻訳 ほんやく	翻譯
❻ 文化 ぶん か	文化；文明			

主題 ❶ 時間副詞

❶ 急に	突然	❼ 到頭	終於
❷ これから	接下來，現在起	❽ 久しぶり	許久，隔了好久
❸ 暫く	暫時，一會兒	❾ 先ず	首先，總之
❹ ずっと	更；一直	❿ もう直ぐ	不久，馬上
❺ そろそろ	快要；逐漸	⓫ やっと	終於，好不容易
❻ 偶に	偶爾	⓬ 急	急迫；突然

主題 ❷ 程度副詞

❶ 幾ら…ても	無論…也不…	❽ 大体	大部分；大概
❷ 一杯	充滿；很多	❾ 大分	相當地
❸ 随分	相當地；不像話	❿ ちっとも	一點也不…
❹ すっかり	完全，全部	⓫ 出来るだけ	盡可能地
❺ 全然	完全不…；非常	⓬ 中々	非常；不容易
❻ そんなに	那麼，那樣	⓭ なるべく	盡量，盡可能
❼ それ程	那麼地	⓮ ばかり	僅只；幾乎要

⑮ 非常に	非常，很	⑲ 割合に	比較地
⑯ 別に	分開；除外	⑳ 十分	充分，足夠
⑰ 程	…的程度；限度	㉑ もちろん	當然
⑱ 殆ど	大部份；幾乎	㉒ やはり	依然，仍然

主題 ❸ 思考、狀態副詞 Track 1-54

❶ ああ	那樣	❽ 確り	紮實；可靠
❷ 確か	確實；大概	❾ 是非	務必；好與壞
❸ 必ず	一定，務必	❿ 例えば	例如
❹ 代わり	代替；補償	⓫ 特に	特地，特別
❺ きっと	一定，務必	⓬ はっきり	清楚；明確
❻ 決して	絕對（不）	⓭ 若し	如果，假如
❼ こう	如此；這樣		

Track 1-55

主題 ❹ 接續詞、接助詞與接尾詞、接頭詞

❶ すると	於是；這樣一來		⓮ …様	…先生，…小姐
❷ それで	後來，那麼		⓯ …目	第…
❸ それに	而且，再者		⓰ …家	…家
❹ だから	所以，因此		⓱ …式	儀式；…典禮
❺ 又は	或者		⓲ …製	…製
❻ けれど・けれども	但是		⓳ …代	世代；…多歲
❼ …置き	每隔…		⓴ …出す	開始…
❽ …月	…月		㉑ …難い	難以…，不容易
❾ …会	…會，會議		㉓ …やすい	容易…
❿ …倍	…倍，加倍		㉕ …過ぎる	過於…
⓫ …軒	…間，…家		㉖ 御…	貴…
⓬ …ちゃん	小…		㉗ …ながら	一邊…，同時…
⓭ …君	…君		㉘ …方	…方法

主題 ❺ 尊敬與謙讓用法

❶ いらっしゃる	來，去，在	⓫ 下さる	給，給予
❷ おいでになる	來，去，在	⓬ 差し上げる	給
❸ ご存知	您知道	⓭ 拝見	看，拜讀
❹ ご覧になる	看，閱讀	⓮ 参る	去；認輸
❺ なさる	做	⓯ 申し上げる	說
❻ 召し上がる	吃，喝	⓰ 申す	說，叫
❼ 致す	做；致	⓱ …ございます	是，在
❽ 頂く・戴く	領受；頂	⓲ …でございます	是
❾ 伺う	拜訪；請教	⓳ 居る	有
❿ おっしゃる	說，叫	⓴ 存じ上げる	知道

MEMO

N4
vocabulary

JLPT

N4單字＋文法

五十音順編排

あ
行 單字

あ ああ〜あげる

0001 ああ 副 那樣

レッスン 1

類 そう（那樣） 對 こう（這樣）

例 私があの時ああ言ったのは、よくなかったです。／我當時那樣說並不恰當。

文法

が
▶ 接在名詞的後面，表示後面的動作或狀態的主體。

0002 あいさつ 【挨拶】 名・自サ 寒暄，打招呼，拜訪；致詞

類 手紙（書信）

例 アメリカでは、こう握手して挨拶します。／在美國都像這樣握手寒暄。

文法

こう［這樣］
▶ 指眼前的物或近處的事物時用的詞。

0003 あいだ 【間】 名 期間；間隔，距離；中間；關係；空隙

類 中（當中）；内（之内） 對 外（外面）

例 10年もの間、連絡がなかった。／長達十年之間，都沒有聯絡。

文法

も［多達…］
▶ 前接數量詞，用在強調數量很多，程度很高的時候。

0004 あう 【合う】 自五 合；一致，合適，相配；符合；正確

類 合わせる（配合） 對 違う（不符）

例 時間が合えば、会いたいです。／如果時間允許，希望能見一面。

文法

ば［如果…的話；假如…］
▶ 後接意志或期望等詞，表示後項受到某種條件的限制。

0005 あかちゃん 【赤ちゃん】 名 嬰兒

類 赤ん坊（嬰兒）

例 赤ちゃんは、泣いてばかりいます。／嬰兒只是哭著。

文法

ばかり［只…，淨…］
▶ 前接動詞て形，表示說話人對不斷重複一樣的事，或一直都是同樣的狀態，有負面的評價。

Japanese-Language Proficiency Test N4

0006 □□□ あがる 【上がる】

(自五) 登上；升高，上升；發出（聲音）；（從水中）出來；（事情）完成

類 上げる（上升）　對 下げる、降りる（下降）

例 野菜の値段が上がるようだ。
／青菜的價格好像要上漲了。

文法
ようだ[好像…]
▶ 用在說話人從各種情況，來推測人或事物是某項的情況，通常是說話人主觀，根據不足的推測。

0007 □□□ あかんぼう 【赤ん坊】

(名) 嬰兒；不暗世故的人

類 子供（小孩）

例 赤ん坊が歩こうとしている。
／嬰兒在學走路。

文法
（よ）うとする[想要…]
▶ 表示動作主體的意志、意圖。主語不受人稱的限制。表示努力地去實行某動作。

0008 □□□ あく 【空く】

(自五) 空著；（職位）空缺；空隙；閒著；有空

類 空く（有空）　對 混む（擁擠）

例 席が空いたら、座ってください。
／如果空出座位來，請坐下。

文法
たら[如果…；…了的話]
▶ 表示確定條件，知道前項一定會成立，以其為契機做後項。
▶ 近 といい[…就好了]

0009 □□□ アクセサリー 【accessary】

(名) 飾品，裝飾品；零件

類 イヤリング（earring・耳環）；飾る（裝飾）

例 デパートをぶらぶら歩いていて、かわいいアクセサリーを見つけた。／在百貨公司閒逛的時候，看到了一件可愛的小飾品。

0010 □□□ あげる 【上げる】

(他下一) 給；送；交出；獻出

類 やる（給予）　對 もらう（收到）

例 ほしいなら、あげますよ。
／如果想要，就送你。

文法
なら[要是…就…]
▶ 表示接受了對方所說的事情、狀態、情況後，說話人提出意見、勸告、意志、請求等。

0011

あさい
【浅い】

形 淺的；(事物程度)微少；淡的；薄的

同 薄い (淺的)　反 深い (深的)

例 浅いところにも小さな魚が泳いでいます。
／水淺的地方也有小魚在游動。

0012

あさねぼう
【朝寝坊】

名・自サ 賴床；愛賴床的人

反 早起き (早起)

例 朝寝坊して、バスに乗り遅れてしまった。
／因為睡過頭，沒能趕上公車。

文法

てしまう[(感慨)…了]
► 表示出現了說話人不願意看到的結果，含有遺憾、懊惱。後接通等語氣，這時候一般接的是無意志的動詞。

0013

あじ
【味】

名 味道；趣味；滋味

同 辛い (辣、鹹)；味見 (嚐味道)

例 彼によると、このお菓子はオレンジの味がするそうだ。
／聽他說這糕點有柳橙味。

文法

お…
► 後接名詞 (跟對方有關之行為、狀態或所有物)，表示尊敬、鄭重、親愛。另外，還有習慣用法等意思。

0014

アジア
【Asia】

名 亞洲

同 アジアの国々 (亞洲各國)　反 ヨーロッパ (Europa・歐洲)

例 日本も台湾も韓国もアジアの国だ。
／日本、台灣及韓國都是亞洲國家。

0015

あじみ
【味見】

名・自サ 試吃，嚐味道

同 試食 (試吃)；味 (味道)

例 ちょっと味見をしてもいいですか。
／我可以嚐一下味道嗎？

文法

てもいい[可以…]
► 如果說話人用疑問句詢問某一行為，表示請求聽話人允許某行為。

0016
② **あす**
【明日】
图 明天

颣 明日（あした）（明天）　対 昨日（きのう）（昨天）
例 今日（きょう）忙（いそが）しいなら、明日（あした）でもいいですよ。
　／如果今天很忙，那明天也可以喔！

0017
あそび
【遊び】
图 遊玩，玩耍；不做事；間隙；閑遊；餘裕

颣 ゲーム（game・遊戲）　対 真面目（まじめ）（認真）
例 勉強（べんきょう）より、遊（あそ）びのほうが楽（たの）しいです。
　／玩樂比讀書有趣。

0018
あっ
感 啊（突然想起、吃驚的樣子）哎呀

颣 ああ（啊）
例 あっ、雨（あめ）が止（や）みましたね。／啊！雨停了耶！

0019
あつまる
【集まる】
自五 聚集，集合

颣 集（あつ）める（聚集）
例 パーティーに、1,000人（にん）も集（あつ）まりました。
　／多達1000人，聚集在派對上。

文法
も［多達…］
▶ 前接數量詞表示數量之多。

0020
あつめる
【集める】
他下一 集合；收集；集中

颣 採（と）る（採集）　対 配（くば）る（發放）
例 生徒（せいと）たちを、教室（きょうしつ）に集（あつ）めなさい。
　／叫學生到教室集合。

文法
なさい［要…；請…］
▶ 表示命令或指示。

0021
あてさき
【宛先】
图 收件人姓名地址，送件地址

颣 住所（じゅうしょ）（地址）　対 差出人（さしだしにん）（寄件人）
例 名刺（めいし）に書（か）いてある宛先（あてさき）に送（おく）ってください。
　／請寄到名片上所寫的送件地址。

| 0022 □□□ | アドレス【address】 | 名 住址，地址；(電子信箱) 地址；(高爾夫) 擊球前姿勢 |

類 メールアドレス (mail address・電郵地址)

例 そのアドレスはあまり使いません。
／我不常使用那個郵件地址。

| 0023 □□□ | アフリカ【Africa】 | 名 非洲 |

例 アフリカに遊びに行く。／去非洲玩。

| 0024 □□□ | アメリカ【America】 | 名 美國 |

類 西洋 (西洋)

例 10才のとき、家族といっしょにアメリカに渡りました。
／10 歲的時候，跟家人一起搬到美國。

| 0025 □□□ | あやまる【謝る】 | 自五 道歉，謝罪；認錯；謝絕 |

類 すみません (抱歉) **對** ありがとう (謝謝)

例 そんなに謝らなくてもいいですよ。
／不必道歉到那種地步。

文法
そんな [那樣的]
▶ 間接的在說人或事物的狀態或程度。而這個事物是靠近聽話人的或聽話人之前說過的。

| 0026 □□□ | アルバイト【(德) arbeit 之略】 | 名 打工，副業 |

類 バイト (arbeit 之略・打工)、仕事 (工作)

例 アルバイトばかりしていないで、勉強もしなさい。／別光打工，也要唸書啊！

文法
ばかり [淨…；光…]
▶ 表示數量、次數非常多

| 0027 □□□ | あんしょうばんごう【暗証番号】 | 名 密碼 |

類 番号 (號碼)；パスワード (password・密碼)

例 暗証番号は定期的に変えた方がいいですよ。
／密碼要定期更改比較好喔。

0028 あんしん 【安心】
□□□
名・自サ 放心，安心

- 類 大丈夫 (可靠)　對 心配 (擔心)
- 例 大丈夫だから、安心しなさい。／沒事的，放心好了。

0029 あんぜん 【安全】
□□□
名・形動 安全；平安

- 類 無事 (平安無事)　對 危険、危ない (危險)
- 例 安全な使いかたをしなければなりません。／必須以安全的方式來使用。

文法
なければならない [必須…]
► 表示無論是自己或對方，從社會常識或事情的性質來看，不那樣做就不合理，有義務要那樣做。
► 近 なくてはならない [不得不…]

0030 あんな
□□□
連體 那樣地

- 類 そんな (那樣的)　對 こんな (這樣的)
- 例 私だったら、あんなことはしません。／如果是我的話，才不會做那種事。

文法
あんな [那樣的]
► 間接地說人或事物的狀態或程度。而這是指說話人和聽話人以外的事物，或是雙方都理解的事物。

0031 あんない 【案内】
□□□
名・他サ 引導；陪同遊覽，帶路；傳達

- 類 教える (指導)；ガイド (guide・帶路)
- 例 京都を案内してさしあげました。／我陪同他遊覽了京都。

文法
てさしあげる [(為他人)做…]
► 表示自己或站在自己一方的人，為他人做前項有益性的行為。
► 近 あげる [給予…]

0032 いか 【以下】
□□□
③
名 以下，不到…；在…以下；以後

- 類 以内 (以內)　對 以上 (以上)
- 例 あの女性は、30歳以下の感じがする。／那位女性，感覺不到30歲。

文法
がする [感到…；覺得…]
► 表示說話人通過感官感受到的感覺或知覺。

0033 いがい【以外】
⬜⬜⬜

名 除外，以外

圓 その他 (之外)　対 以内 (之内)

例 彼以外は、みんな来るだろう。
／除了他以外，大家都會來吧！

文法
だろう [⋯吧]
▶ 表示說話人對未來或不確定事物的推測，且說話人對自己的推測有相當大的把握。

0034 いがく【医学】
⬜⬜⬜

名 醫學

圓 医療 (醫療)

例 医学を勉強するなら、東京大学がいいです。
／如果要學醫，東京大學很不錯。

文法
なら [要是⋯的話]
▶ 表示接受了對方所說的事情、狀態、情況後，說話人提出了意見、勸告、意志、請求等。

0035 いきる【生きる】
⬜⬜⬜

自上一 活，生存；生活；致力於⋯；生動

圓 生活する (謀生)　対 死ぬ (死亡)

例 彼は、一人で生きていくそうです。
／聽說他打算一個人活下去。

文法
ていく [⋯去；⋯下去]
▶ 表示動作或狀態，越來越遠地移動或變化，或動作的繼續，順序，多指從現在向將來。

0036 いくら⋯ても【幾ら⋯ても】
⬜⬜⬜

名・副 無論⋯也不⋯

例 いくらほしくても、これはさしあげられません。
／無論你多想要，這個也不能給你。

文法
さしあげる [給予⋯]
▶ 授受物品的表達方式。表示下面的人給上面的人物品。是一種謙虛的說法。

0037 いけん【意見】
⬜⬜⬜

名・自他サ 意見；勸告；提意見

圓 考え、声 (想法)

例 あの学生は、いつも意見を言いたがる。
／那個學生，總是喜歡發表意見。

文法
がる [覺得⋯]
▶ 表示某人說了什麼話或做了什麼動作，而給說話人留下這種想法，有這種感覺，想這樣做的印象。

0038
□□□

いし
【石】

名 石頭，岩石；（猜拳）石頭，結石；鑽石；堅硬

同 岩石（岩石）

例 池に石を投げるな。
／不要把石頭丟進池塘裡。

文法
な [不要…]
▶ 表示禁止。命令對方不要做某事的說法。由於說法比較魯，所以大都是直接面對當事人說。

0039
□□□

いじめる
【苛める】

他下一 欺負，虐待；捉弄；折磨

同 苦しめる（使痛苦）　反 可愛がる（疼愛）

例 弱いものを苛める人は一番かっこう悪い。
／霸凌弱勢的人，是最差勁的人。

0040
□□□

いじょう
【以上】

名 以上，不止，超過，以外；上述

同 もっと、より（更多）；合計（總計）　反 以下（以下）

例 100人以上のパーティーと二人で遊びに行くのと、どちらのほうが好きですか。
／你喜歡參加百人以上的派對，還是兩人一起出去玩？

文法
と…と…どちら [在…與…中，哪個…]
▶ 表示從兩個裡面選一個。也就是詢問兩個人或兩件事，哪一個適合後項。

0041
□□□

いそぐ
【急ぐ】

自五 快，急忙，趕緊

同 走る（跑）　反 ゆっくり（慢）

例 もし急ぐなら先に行ってください。
／如果你趕時間的話，就請先走吧！

0042
□□□

いたす
【致す】

自他五・補動 （「する」的謙恭說法）做，辦；致；有…，感覺…

同 する（做）

例 このお菓子は、変わった味が致しますね。
／這個糕點的味道有些特別。

0043 いただく 【頂く・戴く】

(他五) 領受；領取；吃，喝；頂

- (類) 食べる (吃)；もらう (接收) (對) 召し上がる (請吃)；差し上げる (呈送)
- (例) お菓子が足りないなら、私はいただかなくてもかまいません。

/如果糕點不夠的話，我不用吃也沒關係。

文法
なくてもかまわない
[不…也行]
▶ 表示沒有必要做前面的動作，不做也沒關係。

0044 いちど 【一度】

(名・副) 一次，一回；一旦

- (類) 一回 (一次) (對) 再度 (再次)
- (例) 一度あんなところに行ってみたい。

/想去一次那樣的地方。

0045 いっしょうけんめい 【一生懸命】

(副・形動) 拼命地，努力地；一心

- (類) 真面目 (認真) (對) いい加減 (敷衍)
- (例) 父は一生懸命働いて、私たちを育ててくれました。

/家父拼了命地工作，把我們這些孩子撫養長大。

文法
てくれる [(為我)做…]
▶ 表示他人為我，或為我方的人做前項有益的事，用在帶著感謝的心情，接受別人的行為。

0046 いってまいります 【行って参ります】

(寒暄) 我走了

- (類) いってきます (我出門了) (對) いってらっしゃい (路上小心)
- (例) 息子は、「いってまいります。」と言ってでかけました。

/兒子說：「我出門啦！」便出去了。

0047 いってらっしゃい

(寒暄) 路上小心，慢走，好走

- (類) お気をつけて (路上小心) (對) いってまいります (我走了)
- (例) いってらっしゃい。何時に帰るの？

/路上小心啊！幾點回來呢？

文法
の […呢]
▶ 用在句尾，以升調表示發問，一般是用在對兒童，或關係比較親密的人，為口語用法。

0048
□□□

いっぱい
【一杯】

(名・副) 一碗，一杯；充滿，很多

同 沢山 (很多)　反 少し (一點點)

例 そんなにいっぱいくださったら、多すぎます。
／您給我那麼多，太多了。

文法
すぎる [太…；過於…]
▶ 表示程度超過限度，超過一般水平，過份的狀態。
▶ 近 なさすぎる [太沒…]

0049
□□□

いっぱん
【一般】

(名・形動) 一般，普通

同 普通 (普通)　反 特別 (特別)

例 日本語では一般に名詞は形容詞の後ろに来ます。
／日語的名詞一般是放在形容詞的後面。

0050
□□□

いっぽうつうこう
【一方通行】

單行道；單向傳達

同 片道 (單程)

例 台湾は一方通行の道が多いです。／台灣有很多單行道。

0051
□□□

いと
【糸】

(名) 線；(三弦琴的) 弦；魚線；線狀

同 線 (線條)　反 竹 (竹製)

例 糸と針を買いに行くところです。
／正要去買線和針。

文法
ところだ [剛要…]
▶ 表示將要進行某動作，也就是動作、變化處於開始之前的階段。

0052
□□□

いない
【以内】

(名) 不超過…；以內

同 以下 (以下)　反 以上 (以上)

例 1万円以内なら、買うことができます。
／如果不超過一萬日圓，就可以買。

文法
ことができる [可以…]
▶ 在外部的狀況、規定等客觀條件允許時可做。

0053
□□□

いなか
【田舎】

(名) 鄉下，農村；故鄉，老家

同 国 (家鄉)　反 都市 (都市)

例 この田舎への行きかたを教えてください。／請告訴我怎麼去這個村子。

0054
□□□

い**の**る
【祈る】

（他五）祈禱；祝福

- 類 願う（希望）
- 例 みんなで、平和のために祈るところです。
  ／大家正要為和平而祈禱。

文法

ため(に)[以…為目的，做…]
▶ 表示為了某一目的，而有後面積極努力的動作、行為，前項是後項的目標。

0055
□□□

イヤリング
【earring】

（名）耳環

- 類 アクセサリー（accessary・耳環）
- 例 イヤリングを一つ落としてしまいました。
  ／我不小心弄丟了一個耳環。

0056
□□□

い**らっしゃ**る

（自五）來，去，在（尊敬語）

- 類 行く（去）、来る（來）；見える（來） 謙 参る（去做…）
- 例 お忙しかったら、いらっしゃらなくてもいいですよ。
  ／如果忙的話，不必來也沒關係喔！

文法

なくてもいい[不…也行]
▶ 表示允許不必做某一行為，也就是沒有必要，或沒有義務做前面的動作。

0057
□□□

い**ん**
【員】

（名）人員；人數；成員；…員

- 類 名（…人）
- 例 研究員としてやっていくつもりですか。
  ／你打算當研究員嗎？

文法

つもりだ[打算…]
▶ 表示說話者的意志、預定、計畫等，也可以表示第三人稱的意志。
▶ 近 ないつもりだ[不打算…]

0058
□□□

インス**ト**ール
【install】

（他サ）安裝（電腦軟體）

- 類 付ける（安裝）
- 例 新しいソフトをインストールしたいです。
  ／我想要安裝新的電腦軟體。

読書計劃：□□／□□□

あ

か

さ

た

な

は

ま

や

ら

わ

練習

0059
☐☐☐ **(インター)ネット** ㊂ 網際網路
【internet】

㊙ 繋ぐ（聯繫）

㊅ そのホテルはネットが使えますか。
／那家旅館可以連接網路嗎？

0060
☐☐☐ **インフルエンザ** ㊂ 流行性感冒
【influenza】

㊙ 風邪（感冒）

㊅ 家族全員、インフルエンザにかかりました。
／我們全家人都得了流行性感冒。

う

0061
☐☐☐ **うえる** ㊦一 種植；培養
4 【植える】

㊙ 栽培（栽種）㊀ 刈る（割；剪）

㊅ 花の種をさしあげますから、植えてみてく
ださい。
／我送你花的種子，你試種看看。

文法
てみる [試著(做)…]
▶ 表示嘗試著做前接的
事項，是一種試探性的
行為或動作，一般是肯
定的說法。

0062
☐☐☐ **うかがう** ㊄ 拜訪；請教，打聽（謙讓語）
【伺う】

㊙ お邪魔する（打擾）；聞く（詢問）㊀ 申す（告訴）

㊅ 先生のお宅にうかがったことがあります。
／我拜訪過老師家。

文法
たことがある [曾…]
▶ 表示經歷過某個特別
的事件，且事件的發生
離現在已有一段時間，
或指過去的一般經驗。

0063
☐☐☐ **うけつけ** ㊂ 詢問處；受理；接待員
【受付】

㊙ 窓口（窗口）

㊅ 受付はこちらでしょうか。
／請問詢問處是這裡嗎？

0064 □□□

うける
【受ける】

(自他下一) 接受，承接；受到；得到；遭受；接受；
應考

(類) 受験する (應考)　(對) 断る (拒絶)

(例) いつか、大学院を受けたいと思います。
／我將來想報考研究所。

[文法]
とおもう [我想…；覺得…]
► 表示説話者有這樣的想
法、感受、意見。

0065 □□□

うごく
【動く】

(自五) 變動，移動；擺動；改變；行動，運動；感動，
動搖

(類) 働く (活動)　(對) 止まる (停止)

(例) 動かずに、そこで待っていてください。
／請不要離開，在那裡等我。

[文法]
ず(に) [不…地；沒…地]
► 表示以否定的状態或方式
來做後項的動作，或産生後
項的結果，語氣較生硬。

0066 □□□

うそ
【嘘】

(名) 謊話；不正確

(類) 本当ではない (不是真的)　(對) 本当 (真實)

(例) 彼は、嘘ばかり言う。
／他老愛說謊。

0067 □□□

うち
【内】

(名) …之內；…之中

(類) 中 (裡面)　(對) 外 (外面)

(例) 今年の内に、お金を返してくれませんか。
／年內可以還給我錢嗎？

0068 □□□

うちがわ
【内側】

(名) 內部，內側，裡面

(類) 内 (内部)　(對) 外側 (外側)

(例) 危ないですから、内側を歩いた方がいいですよ。
／這裡很危險，所以還是靠內側行走比較好喔。

0069 □□□
うつ
【打つ】
他五 打擊，打；標記

類 叩く（敲打） 對 抜く（拔掉）

例 イチローがホームランを打ったところだ。
／一朗正好擊出全壘打。

文法
たところだ [剛…]
▶ 表示剛開始做動作沒多久，也就是在 […之後不久] 的階段。
▶ 近 たところで [結果…；果然…]

0070 □□□
うつくしい
【美しい】
形 美好的；美麗的，好看的

類 綺麗（好看） 對 汚い（難看的）

例 美しい絵を見ることが好きです。
／喜歡看美麗的畫。

文法
こと
▶ 前接名詞修飾短句，使其名詞化，成為後面的句子的主語或目的語。

0071 □□□
うつす
【写す】
他五 抄；照相；描寫，描繪

類 撮る（拍照）

例 写真を写してあげましょうか。
／我幫你照相吧！

文法
てあげる [(為他人)做…]
▶ 表示自己或站在一方的人，為他人做前項利益的行為。

0072 □□□
うつる
【映る】
自五 反射，映照；相襯

類 撮る（拍照）

例 写真に写る自分よりも鏡に映る自分の方が綺麗だ。
／鏡子裡的自己比照片中的自己好看。

0073 □□□
うつる
【移る】
自五 移動；變心；傳染；時光流逝；轉移

類 動く（移動）；引っ越す（搬遷） 對 戻る（回去）

例 あちらの席にお移りください。
／請移到那邊的座位。

文法
お…ください [請…]
▶ 用在對客人、屬下對上司的請求時，表示敬意而抬高對方行為的表現方式。

0074
□□□

う**で**
【腕】

㊅ 胳臂；本領；托架，扶手

㊄ 手（手臂）；力（力量）　㊂ 足（腳）

㊍ 彼女の腕は、枝のように細い。
　／她的手腕像樹枝般細。

0075
□□□

う**ま**い

㊏ 高明，拿手；好吃；巧妙；有好處

㊄ 美味しい（好吃）　㊂ まずい（難吃）

㊍ 彼は、テニスはうまいけれどゴルフは下手
　です。
　／他網球打得很好，但是高爾夫球打得很差。

> **文法**
> けれど(も)［雖然；可是］
> ▶ 逆接用法。表示前項和
> 後項的意思或內容是相反
> 的，對比的。
> ▶ 近 けど［雖然］

0076
□□□

う**ら**
【裏】

㊅ 裡面，背後；內部；內幕，幕後；內情

㊄ 後ろ（背面）　㊂ 表（正面）

㊍ 紙の裏に名前が書いてあるかどうか、見て
　ください。
　／請看一下紙的背面有沒有寫名字。

> **文法**
> かどうか［是否…］
> ▶ 表示從相反的兩種情況
> 或事物之中選擇其一。

0077
□□□

う**りば**
【売り場】

㊅ 賣場，出售處；出售好時機

㊄ コーナー（corner・櫃臺）、窓口（服務窗口）

㊍ 靴下売り場は 2 階だそうだ。
　／聽說襪子的賣場在二樓。

> **文法**
> そうだ［聽說…］
> ▶ 表示傳聞。表示不是自
> 己直接獲得的，而是從別
> 人那裡，報章雜誌或信上
> 等處得到該信息。
> ▶ 近 ということだ［聽說…］

0078
□□□

う**るさ**い
【煩い】

㊏ 吵鬧；煩人的；囉唆；厭惡

㊄ 賑やか（熱鬧）　㊂ 静か（安靜）

㊍ うるさいなあ。静かにしろ。
　／很吵耶，安靜一點！

> **文法**
> 命令形
> ▶ 表示命令。一般用在命
> 令對方的時候，由於給人
> 有粗魯的感覺，所以大都
> 是直接面對當事人說。

0079 □□□	うれしい【嬉しい】	形 高興，喜悅

類 楽しい（喜悅）　對 悲しい（悲傷）
例 誰でも、ほめられれば嬉しい。
／不管是誰，只要被誇都會很高興的。

文法
でも [不管(誰，什麼，哪兒)…都…]
▶ 前接疑問詞，表示不論什麼場合，什麼條件，都要進行後項，或是都會產生後項的結果。

0080 □□□	うん	感 嗯；對，是；喔

類 はい、ええ（是）　對 いいえ、いや（不是）
例 うん、僕は UFO を見たことがあるよ。
／對，我看過 UFO 喔！

0081 □□□	うんてん【運転】	名・自他サ 開車，駕駛；運轉；周轉

類 動かす（移動）；走る（行駛）　對 止める（停住）
例 車を運転しようとしたら、かぎがなかった。
／正想開車，才發現沒有鑰匙。

文法
(よ)うとする [想…]
▶ 表示某動作還在嘗試但還沒達成的狀態，或某動作實現之前。

0082 □□□	うんてんしゅ【運転手】	名 司機

類 ドライバ（driver・駕駛員）
例 タクシーの運転手に、チップをあげた。
／給了計程車司機小費。

文法
あげる [給予…]
▶ 授受物品的表達方式。表示給予人（說話者或說話一方的親友等），給予接受人有利益的事物。

0083 □□□	うんてんせき【運転席】	名 駕駛座

類 席（座位）　對 客席（顧客座位）
例 運転席に座っているのが父です。
／坐在駕駛座上的是家父。

文法
のが [的是…]
▶ 前接短句，表示強調。

0084 □□□
うんどう
【運動】
⊛ 名・自サ 運動；活動

⊕ スポーツ（sports・運動） ⊖ 休み（休息）

例 運動し終わったら、道具を片付けてください。
／一運動完，就請將道具收拾好。

文法
おわる [結束]
▶ 接在動詞連用形後面，表示前接動詞的結束、完了。

え

0085 □□□
POINT 5
えいかいわ
【英会話】
⊛ 名 英語會話

⊕ 会話（會話）

例 英会話に通い始めました。
／我開始上英語會話的課程了。

文法
はじめる [開始…]
▶ 表示前接動詞的動作、作用的開始。

0086 □□□
エスカレーター
【escalator】
⊛ 名 自動手扶梯

⊕ エレベーター（elevator・電梯）、階段（樓梯）

例 駅にエスカレーターをつけることになりました。
／車站決定設置自動手扶梯。

文法
ことになる [（被）決定…]
▶ 表示決定。指說話人以外的人、團體或組織等，客觀地做出了某些安排或決定；也用於宣布自己決定的事。

0087 □□□
えだ
【枝】
⊛ 名 樹枝；分枝

⊕ 木（樹木） ⊖ 幹（樹幹）

例 枝を切ったので、遠くの山が見えるようになった。
／由於砍掉了樹枝，遠山就可以看到了。

0088 □□□
えらぶ
【選ぶ】
⊛ 他五 選擇

⊕ 選択（選擇）；決める（決定）

例 好きなのをお選びください。
／請選您喜歡的。

| 0089 ☐☐☐ | えんかい
【宴会】 | 名 宴會，酒宴 |

🔁 パーティー (part・派對)
🔷 年末は、宴会が多いです。
　／歲末時期宴會很多。

| 0090 ☐☐☐ | えんりょ
【遠慮】 | 名・自他サ 客氣；謝絕 |

🔁 御免 (謝絕)；辞める (辭去)
🔷 すみませんが、私は遠慮します。
　／對不起，請容我拒絕。

お

| 0091 ☐☐☐ | おいしゃさん
【お医者さん】 | 名 醫生 |

🔁 先生 (醫生)、歯医者 (牙醫)　🔷 患者 (病患)
🔷 咳が続いたら、早くお医者さんに見てもらったほうがいいですよ。
　／如果持續咳不停，最好還是盡早就醫治療。

| 0092 ☐☐☐ | おいでになる | 他五 來，去，在，光臨，駕臨 (尊敬語) |

🔁 行く (去)、来る (來)
🔷 明日のパーティーに、社長はおいでになりますか。
　／明天的派對，社長會蒞臨嗎？

| 0093 ☐☐☐ | おいわい
【お祝い】 | 名 慶祝，祝賀；祝賀禮品 |

🔁 祈る (祝福)　🔷 呪う (詛咒)
🔷 これは、お祝いのプレゼントです。
　／這是聊表祝福的禮物。

| 0094 □□□ | **お**うせつま【応接間】 | 名 客廳；會客室 |

類 待合室（等候室）

例 応接間の花に水をやってください。

／給會客室裡的花澆一下水。

文法

やる［給予…］
▶ 授受物品的表達方式。表示給予同輩以下的人，或小孩，動物等物有利益的事物。

| 0095 □□□ | **お**うだんほどう【横断歩道】 | 名 斑馬線 |

類 道路（道路）

例 横断歩道を渡る時は、手をあげましょう。

／要走過斑馬線的時候，把手舉起來吧。

| 0096 □□□ | **お**おい【多い】 | 形 多的 |

類 沢山（很多）　對 少ない（少）

例 友達は、多いほうがいいです。

／朋友多一點比較好。

| 0097 □□□ | **お**おきな【大きな】 | 連體 大，大的 |

類 大きい（大的）　對 小さな（小的）

例 こんな大きな木は見たことがない。

／沒看過這麼大的樹木。

文法

こんな［這樣的］
▶ 間接地在講人事物的狀態或程度，而這個事物是靠近說話人的，也可能是剛提及的話題或剛發生的事。

| 0098 □□□ | **お**おさじ【大匙】 | 名 大匙，湯匙 |

類 スプーン（湯匙）

例 火をつけたら、まず油を大匙一杯入れます。

／開了火之後，首先加入一大匙的油。

0099
□□□
オートバイ
【auto bicycle】
② 摩托車

類 バイク（bike・機車）

例 そのオートバイは、彼らしい。
／那台摩托車好像是他的。

文法
らしい[好像…；似乎…]
▶ 表示從眼前可觀察的事物等狀況，來進行判斷。

0100
□□□
おかえりなさい
【お帰りなさい】
寒暄（你）回來了

類 お帰り（你回來了）　對 いってらっしゃい（路上小心）

例 お帰りなさい。お茶でも飲みますか。
／你回來啦。要不要喝杯茶？

文法
でも[…之類的]
▶ 用於舉例。表示雖然含有其他的選擇，但這是舉出一個具代表性的例子。

0101
□□□
おかげ
【お陰】
寒暄 託福；承蒙關照

類 助け（幫助）

例 あなたが手伝ってくれたおかげで、仕事が終わりました。
／多虧你的幫忙，工作才得以結束。

0102
□□□
おかげさまで
【お陰様で】
寒暄 託福，多虧

類 お陰（幸虧）

例 おかげ様で、だいぶ良くなりました。
／託您的福，病情好多了。

0103
□□□
おかしい
【可笑しい】
形 奇怪的，可笑的；可疑的，不正常的

類 面白い（好玩）、変（奇怪）　對 詰まらない（無趣）

例 おかしければ、笑いなさい。
／如果覺得可笑，就笑呀！

文法
ければ[如果…的話；假如…]
▶ 敘述一般客觀事物的條件關係。如果前項成立，後項就一定會成立。

0104
☐☐☐
お**か**ねもち
【金持ち】
㊟ 名 有錢人

● 億万長者（大富豪）　㊐ 貧しい（貧窮的）
例 あの人はお金持ちだから、きっと貸してくれるよ。
／那人很有錢，一定會借我們的。

0105
☐☐☐
おき
【置き】
㊟ 接尾 每隔…

● ずつ（各…）
例 天気予報によると、1日おきに雨が降るそうだ。
／根據氣象報告，每隔一天會下雨。

0106
☐☐☐
おく
【億】
㊟ 名 億；數量眾多

● 兆（兆）
例 家を建てるのに、3億円も使いました。
／蓋房子竟用掉了三億日圓。

文法
のに
▶ 表示目的、用途。

0107
☐☐☐
お**く**じょう
【屋上】
㊟ 名 屋頂（上）

● ルーフ（roof・屋頂）　㊐ 床（地板）
例 屋上でサッカーをすることができます。
／頂樓可以踢足球。

0108
☐☐☐
⑥
お**く**りもの
【贈り物】
㊟ 名 贈品，禮物

● プレゼント（present・禮物）
例 この贈り物をくれたのは、誰ですか。
／這禮物是誰送我的？

文法
のは
▶ 前接短句，表示強調。
另能使其名詞化，成為句
子的主語或目的語。

0109 □□□ おくる 【送る】

他五 寄送；派；送行；度過；標上（假名）

類 届ける（送達） 對 受ける（接收）

例 東京にいる息子に、お金を送ってやりました。
／寄錢給在東京的兒子了。

文法
てやる
▶ 表示以施恩或給予利益的心情，為下級或晚輩（或動、植物）做有益的事。

0110 □□□ おくれる 【遅れる】

自下一 遲到；緩慢

類 遅刻（遲到） 對 間に合う（來得及）

例 時間に遅れるな。／不要遲到。

0111 □□□ おこさん 【お子さん】

名 您孩子，令郎，令嬡

類 お坊っちゃん（令郎）、お嬢ちゃん（令嬡）

例 お子さんは、どんなものを食べたがりますか。
／您小孩喜歡吃什麼東西？

0112 □□□ おこす 【起こす】

他五 扶起；叫醒；發生；引起；翻起

類 立つ（行動，站立） 對 倒す（推倒）

例 父は、「明日の朝、6時に起こしてくれ。」と言った。
／父親說：「明天早上六點叫我起床」。

0113 □□□ おこなう 【行う・行なう】

他五 舉行，舉辦；修行

類 やる、する（實行）

例 来週、音楽会が行われる。／音樂將會在下禮拜舉行。

0114 □□□ おこる 【怒る】

自五 生氣；斥責

類 叱る（叱責） 對 笑う（笑）

例 なにかあったら怒られるのはいつも長男の私だ。
／只要有什麼事，被罵的永遠都是生為長子的我。

文法
（ら）れる[被…]
▶ 為被動。表示某人直接承受到別人的動作

0115 □□□ おしいれ 【押し入れ・押入れ】

名（日式的）壁櫥

近 タンス（櫃子）；物置（倉庫）

例 その本は、押入れにしまっておいてください。

／請暫且將那本書收進壁櫥裡。

文法
ておく［暫且；先…］
▶ 表示一種臨時的處理方法。也表示為將來做準備，也就是為了以後的某一目的，事先採取某種行為。

0116 □□□ おじょうさん 【お嬢さん】

名 您女兒，令嬡；小姐；千金小姐

近 娘さん（令嬡）　對 息子さん（令郎）

例 お嬢さんは、とても女らしいですね。

／您女兒非常淑女呢！

文法
らしい［像…樣子；有…風度］
▶ 表示充分反應出該事物的特徵或性質。

0117 □□□ おだいじに 【お大事に】

寒暄 珍重，請多保重

近 お体を大切に（請保重身體）

例 頭痛がするのですか。どうぞお大事に。

／頭痛嗎？請多保重！

0118 □□□ おたく 【お宅】

名 您府上，貴府；宅男（女），對於某事物過度熱忠者

近 お住まい（<敬>住所）

例 うちの息子より、お宅の息子さんのほうがまじめです。

／您家兒子比我家兒子認真。

0119 □□□ おちる 【落ちる】

自上一 落下；掉落；降低，下降；落選

近 落とす（落下）；下りる（下降）　對 上がる（上升）

例 何か、机から落ちましたよ。

／有東西從桌上掉下來了喔！

文法
か
▶ 前接疑問詞。當一個完整的句子中，包含另一個帶有疑問詞的疑問句時，則表示事態的不明確性。

| 0120
□□□ | **おっしゃ<u>る</u>** | (他五) 說，講，叫 |

● 言う (說) ● お聞きになる (聽)

例 なにかおっしゃいましたか。/您說什麼呢？

| 0121
□□□ | **お<u>っと</u>**
【夫】 | (名) 丈夫 |

● 主人 (丈夫) ● 妻子 (妻子)

例 単身赴任の夫からメールをもらった。
/自到外地工作的老公，傳一封電子郵件給我。

文法
もらう [接受…；從…那兒得到…]
► 表示接受別人給的東西。這是以說話者是接受人，且接受人是主語的形式，或站在接受人的角度表現。

| 0122
□□□ | **おつまみ** | (名) 下酒菜，小菜 |

● 酒の友 (下酒菜)

例 適当におつまみを頼んでください。/請隨意點一些下酒菜。

| 0123
□□□ | **お<u>つり</u>**
【お釣り】 | (名) 找零 |

● つり銭 (找零)

例 コンビニで千円札を出したらお釣りが 150 円あった。
/在便利商店支付了 1000 日圓紙鈔，找了 150 日圓的零錢回來。

| 0124
□□□ | **お<u>と</u>**
【音】 | (名)（物體發出的）聲音；音訊 |

● 声 (聲音)、騒音 (噪音)

例 あれは、自動車の音かもしれない。
/那可能是汽車的聲音。

文法
かもしれない [也許…]
► 表示說話人說話當時的一種不確切的推測。推測某事物的正確性難低，但是有可能的。

| 0125
□□□ | **お<u>とす</u>**
【落とす】 | (他五) 掉下；弄掉 |

● 落ちる (落下) ● 上げる (提高)

例 落としたら割れますから、気をつけて。/掉下就破了，小心點！

0126
☐☐☐
おどり
【踊り】
名 舞蹈

類 歌（歌曲）
例 沖縄の踊りを見たことがありますか。
／你看過沖繩舞蹈嗎？

0127
☐☐☐
おどる
【踊る】
自五 跳舞，舞蹈

類 歌う（唱歌）
例 私はタンゴが踊れます。
／我會跳探戈舞。

文法
(ら)れる［會…；能…］
► 表示技術上，身體的能力上，是具有某種能力的。

0128
☐☐☐
おどろく
【驚く】
自五 驚嚇，吃驚，驚奇

類 びっくり（大吃一驚）
例 彼にはいつも、驚かされる。／我總是被他嚇到。

0129
☐☐☐
7
おなら
名 屁

類 屁（屁）
例 おならを我慢するのは、体に良くないですよ。
／忍著屁不放對身體不好喔！

0130
☐☐☐
オフ
【off】
名（開關）關；休假；休賽；折扣

類 消す（關）；休み（休息）　對 点ける（開）；仕事（工作）
例 オフの日に、ゆっくり朝食をとるのが好きです。
／休假的時候，我喜歡悠閒吃早餐。

0131
☐☐☐
おまたせしました
【お待たせしました】
寒暄 讓您久等了

類 お待ちどうさま（讓您久等了）
例 お待たせしました。どうぞお座りください。
／讓您久等了，請坐。

讀書計劃：

0132 ☐☐☐

おまつり
【お祭り】

⑧ 慶典，祭典，廟會

⑩ 夏祭り（夏日祭典）

⑩ お祭りの日が、近づいてきた。
／慶典快到了。

文法
てくる［…来］
▶ 由遠而近，向說話人的位置、時間點靠近。

0133 ☐☐☐

おみまい
【お見舞い】

⑧ 探望，探病

⑩ 訪ねる（拜訪）；見る（探看）

⑩ 田中さんが、お見舞いに花をくださった。
／田中小姐帶花來探望我。

文法
くださる［給…］
▶ 對上級或長輩給自己（或自己一方）東西的恭敬說法。這時候給予人的身份、地位、年齡要比接受人高。

0134 ☐☐☐

おみやげ
【お土産】

⑧ 當地名産；禮物

⑩ ギフト（gift・禮物）

⑩ みんなにお土産を買ってこようと思います。
／我想買點當地名産給大家。

文法
（よ）うとおもう［我想…］
▶ 表示說話人告訴聽話人，說話當時自己的想法、打算或意圖，且動作實現的可能性很高。
▶ 近（よ）うとは思わない［不打算…］

0135 ☐☐☐

おめでとうございます
【お目出度うございます】

寒暄 恭喜

⑩ お目出度う（恭喜）

⑩ お目出度うございます。賞品は、カメラとテレビとどちらのほうがいいですか。
／恭喜您！獎品有照相機跟電視，您要哪一種？

文法
と…と…どちら［在…與…中、哪個…］
▶ 表示從兩個裡面選一個。也就是詢問兩個人或兩件事，哪一個適合後項。

0136 ☐☐☐

おもいだす
【思い出す】

他五 想起來，回想

⑩ 覚える（記住）　⑩ 忘れる（忘記）

⑩ 明日は休みだということを思い出した。
／我想起明天是放假。

文法
という［…的…］
▶ 用於針對傳聞、評價、報導、事件等內容加以描述或說明。

| 0137 □□□ | おもう【思う】 | 他五 想，思考；覺得，認為；相信；猜想；感覺；希望；掛念，懷念 |

類 考える（認為）

例 悪かったと思うなら、謝りなさい。

／如果覺得自己不對，就去賠不是。

| 0138 □□□ | おもちゃ【玩具】 | 名 玩具 |

類 人形（玩偶）

例 孫のために簡単な木の玩具を作ってやった。

／給孫子做了簡單的木製玩具。

| 0139 □□□ | おもて【表】 | 名 表面；正面；外觀；外面 |

類 外側（外側） 對 裏（裡面）

例 紙の表に、名前と住所を書きなさい。

／在紙的正面，寫下姓名與地址。

| 0140 □□□ | おや | 感 哎呀 |

類 あっ、ああ（啊呀）

例 おや、雨だ。／哎呀！下雨了！

| 0141 □□□ | おや【親】 | 名 父母；祖先；主根；始祖 |

類 両親（雙親） 對 子（孩子）

例 親は私を医者にしたがっています。

／父母希望我當醫生。

文法

たがっている［想…］

▶ 顯露在外表的願望或希望，也就是從外觀就可看對方的意願。

▶ 近 てほしい［希望…］

0142
□□□

おりる
【下りる・降りる】

(自上一) 下來;下車;退位

(類) 下る (下降) (對) 登る (上升);乗る (坐上)

(例) この階段は下りやすい。
／這個階梯很好下。

文法
やすい [容易…;好…]
▶ 表示該行為、動作很容易做;該事情容易發生、或容易發生某種變化,亦或是性質上很容易有那樣的傾向。

0143
□□□

おる
【折る】

(他五) 摺疊;折斷

(類) 切る (切斷) (對) 伸ばす (拉直)

(例) 公園の花を折ってはいけません。／不可以採摘公園裡的花。

0144
□□□

おる
【居る】

(自五) 在,存在;有 (「いる」的謙讓語)

(類) いらっしゃる、ございます (在)

(例) 本日は 18 時まで会社におります。
／今天我會待在公司,一直到下午六點。

文法
まで [到…時候為止]
▶ 表示某事事或動作,直在某時間點前都持續著。

0145
□□□

おれい
【お礼】

(名) 謝辭,謝禮

(類) どうもありがとう (感謝)

(例) 旅行でお世話になった人たちに、お礼の手紙を書こうと思っています。
／旅行中受到許多人的關照,想寫信表達致謝之意。

文法
お…になる
▶ 表示對對方或話題中提到的人物的尊敬,這是為了表示敬意而抬高對方行為的表現方式。

0146
□□□

おれる
【折れる】

(自下一) 折彎;折斷;拐彎;屈服

(類) 曲がる (拐彎) (對) 伸びる (拉直)

(例) 台風で、枝が折れるかもしれない。／樹枝或許會被颱風吹斷。

0147
□□□

おわり
【終わり】

(名) 結束,最後

(類) 最終 (最後) (對) 始め (開始)

(例) 小説は、終わりの書きかたが難しい。／小說的結尾很難寫。

0148
□□□

8

か
【家】

名・接尾 …家；家族，家庭；從事…的人

類 家（家）

例 この問題は、専門家でも難しいでしょう。
／這個問題，連專家也會被難倒吧！

文法
でも［就連…也］
▶ 先舉出一個極端的例子，再表示其他情況當然是一樣的。

0149
□□□

カーテン
【curtain】

名 窗簾；布幕

類 暖簾（門簾）

例 カーテンをしめなくてもいいでしょう。
／不拉上窗簾也沒關係吧！

文法
てもいい［也行；可以…］
▶ 如果說話人用疑問句詢問某一行為，表示請求聽話人允許某行為。

0150
□□□

かい
【会】

名 …會，會議

類 集まり（集會）

例 展覧会は、終わってしまいました。
／展覽會結束了。

文法
てしまう［…完］
▶ 表示動作或狀態的完成。

0151
□□□

かいがん
【海岸】

名 海岸

類 ビーチ（beach・海邊）　對 沖（海上）

例 風のために、海岸は危険になっています。
／因為風大，海岸很危險。

文法
ため（に）［因為…所以…］
▶ 表示由於前項的原因，引起後項的結果。

0152
□□□

かいぎ
【会議】

名 會議

類 会（會議）

例 会議には必ずノートパソコンを持っていきます。
／我一定會帶著筆電去開會。

0153
□□□

かいぎしつ
【会議室】

⑧ 會議室

⑳ ミーティングルーム (meeting room・會議室)
⑩ 資料の準備ができたら、会議室にお届けします。
／資料如果準備好了，我會送到會議室。

0154
□□□

かいじょう
【会場】

⑧ 會場

⑳ 式場 (會場)
⑩ 私も会場に入ることができますか。
／我也可以進入會場嗎？

0155
□□□

かいしょく
【外食】

⑧・自サ 外食，在外用餐

⑳ 食事 (用餐)　⑳ 内食 (在家用餐)
⑩ 週に 1 回、家族で外食します。
／每週全家人在外面吃飯一次。

0156
□□□

かいわ
【会話】

⑧・自サ 會話，對話

⑳ 話 (說話)
⑩ 会話の練習をしても、なかなか上手になりません。
／即使練習會話，也始終不見進步。

文法
ても [即使…也]
► 表示後項的成立，不受前項的約束，是一種假定逆接表現，後項常用各種意志表現的說法。

0157
□□□

かえり
【帰り】

⑧ 回來；回家途中

⑳ 戻り (回來)　⑳ 行き (前往)
⑩ 私は時々、帰りにおじの家に行くことがある。
／我有時回家途中會去伯父家。

文法
ことがある [有時…]
► 表示有時或偶爾發生某事。

0158
□□□
かえる
【変える】
(他下一) 改變；變更

⏪変わる（改變） ⏩まま（保持不見）

例 がんばれば、人生を変えることもできるのだ。
／只要努力，人生也可以改變的。

0159
□□□
かがく
【科学】
(名) 科學

⏩社会科学（社會科學）
例 科学が進歩して、いろいろなことができる
ようになりました。
／科學進步了，很多事情都可以做了。

> **文法**
> ようになる［(變得)…了］
> ▶ 表示是能力、狀態、行為的變化。大都含有花費時間，使成為習慣或能力。

0160
□□□
かがみ
【鏡】
(名) 鏡子

⏩ミラー（mirror・鏡子）
例 鏡なら、そこにあります。／如果要鏡子，就在那裡。

0161
□□□
がくぶ
【学部】
(名) …科系；…院系

⏩部（部門）
例 彼は医学部に入りたがっています。／他想進醫學系。

0162
□□□
かける
【欠ける】
(自下一) 缺損；缺少

⏪抜ける（漏掉） ⏩足りる（足夠）
例 メンバーが一人欠けたままだ。
／成員一直缺少一個人。

> **文法**
> まま［一直…］
> ▶ 表同一狀態一直持續著。

0163
□□□
かける
【駆ける・駈ける】
(自下一) 奔跑，快跑

⏩走る（跑步） ⏩歩く（走路）
例 うちから駅までかけたので、疲れてしまった。
／從家裡跑到車站，所以累壞了。

讀書計劃：
□／□
□／□
□／□

Japanese-Language Proficiency Test
N4
114

0164 □□□ かける 【掛ける】

他下一 懸掛；坐；蓋上；放在…之上；提交；澆；開動；花費；寄託；鎖上；(數學) 乘；使…負擔（如給人添麻煩）

類 座る（坐下）；貼る（貼上）；立つ（站起）；取る（拿下）

例 椅子に掛けて話をしよう。
／讓我們坐下來講吧！

文法
（よう）う［…吧］
▶ 表示提議、邀請別人一起做某件事情。

0165 □□□ かざる 【飾る】

他五 擺飾，裝飾；粉飾，潤色

類 綺麗にする（使漂亮）；付ける（配戴）

例 花をそこにそう飾るときれいですね。
／花像那樣擺在那裡，就很漂亮了。

文法
そう［那樣］
▶ 指示較靠近對方或較為遠處的事物時用的詞。

0166 □□□ かじ 【火事】

名 火災

類 火災（火災）

例 空が真っ赤になって、まるで火事のようだ。
／天空一片紅，宛如火災一般。

文法
ようだ［像…一樣的］
▶ 把事物的狀態、形狀、性質及動作狀態，比喻成一個不同的其他事物。

0167 □□□ かしこまりました 【畏まりました】

寒暄 知道，了解（「わかる」謙讓語）

類 分かりました（知道了）

例 かしこまりました。少々お待ちください。
／知道了，您請稍候。

0168 □□□ ガスコンロ 【(荷) gas+ 焜炉】

名 瓦斯爐，煤氣爐

類 ストーブ（stove・火爐）

例 マッチでガスコンロに火をつけた。／用火柴點燃瓦斯爐。

0169 □□□ ガソリン 【gasoline】

名 汽油

類 ガス（gas・瓦斯）

例 ガソリンを入れなくてもいいんですか。／不加油沒關係嗎？

0170 □□□

ガソリンスタンド
【(和製語) gasoline+stand】

② 加油站

⑧ 給油所（加油站）

⑳ あっちにガソリンスタンドがありそうです。
／那裡好像有加油站。

0171 □□□

かた
【方】

② (敬) 人

⑱ 達（們）

⑳ 新しい先生は、あそこにいる方らしい。
／新來的老師，好像是那邊的那位。

0172 □□□

かた
【方】

接尾 …方法

⑳ 作り方を学ぶ。
／學習做法。

0173 □□□

かたい
【固い・硬い・堅い】

⑱ 堅硬；結實；堅定；可靠；嚴厲；固執

⑱ 丈夫（堅固）　⑱ 柔らかい（柔軟）

⑳ 歯が弱いお爺ちゃんに硬いものは食べさせられない。
／爺爺牙齒不好，不能吃太硬的東西。

0174 □□□

かたち
【形】

② 形狀；形，樣子；形式上的；形式

⑱ 姿（姿態）；様子（模様）

⑳ どんな形の部屋にするか、考えているところです。
／我正在想要把房間弄成什麼樣子。

0175
□□□

かたづける
【片付ける】

(他下一) 収拾，打掃；解決

働 下げる；掃除する（整理収拾） 働 汚れる（被弄髒）

文法
たら~た[…時…就…；發現]
▶ 表示說話者完成前項動作後，有了新發現，或是發生了後項的事情。

例 教室を片付けようとしていたら、先生が来た。
／正打算整理教室的時候，老師就來了。

0176
□□□

かちょう
【課長】

(名) 課長，科長

働 部長（部長）；上司（上司）

例 会社を出ようとしたら、課長から呼ばれました。
／剛準備離開公司，結果課長把我叫了回去。

さ

0177
□□□

かつ
【勝つ】

(自五) 贏，勝利；克服

働 得る（得到）；破る（打敗） 働 負ける（戰敗）

例 試合に勝ったら、100万円やろう。／如果比賽贏了，就給你一百萬日圓。

た

0178
□□□

がつ
【月】

(接尾) …月

働 日（…日）

例 一月一日、ふるさとに帰ることにした。
／我決定一月一日回鄉下。

文法
ことにした[決定…]
▶ 表示決定已經形成、大都用在跟對方報告自己決定的事。

な

は

ま

0179
□□□

かっこう
【格好・恰好】

(名) 外表，裝扮

働 表面（表面）、形（外形）

例 背がもう少し高かったら格好いいのに…。
／如果個子能再高一點的話，一定超酷的說…。

や

ら

0180
□□□

かない
【家内】

(名) 妻子

働 妻（妻子） 働 夫（丈夫）

例 家内のことは「嫁」と呼んでいる。／我平常都叫我老婆「媳婦」。

わ

練習

0181 かなしい 【悲しい】
☐☐☐

形 悲傷，悲哀

類 痛い (痛苦的) 對 嬉しい (高興)
例 失敗してしまって、悲しいです。
／失敗了，真是傷心。

0182 かならず 【必ず】
☐☐☐

副 一定，務必，必須

類 どうぞ (請)；もちろん (當然)
例 この仕事を10時までに必ずやっておいてね。
／十點以前一定要完成這個工作。

文法
までに [在…之前]
▶ 接在表示時間的名詞後面，表示動作或事情的截止日期或期限。

0183 かのじょ 【彼女】
☐☐☐

名 她；女朋友

類 恋人 (情人) 對 彼 (他)
例 彼女はビールを5本も飲んだ。
／她竟然喝了五瓶啤酒。

0184 かふんしょう 【花粉症】
☐☐☐

名 花粉症，因花粉而引起的過敏鼻炎，結膜炎

類 病気 (生病) 對 風邪 (感冒)
例 父は花粉症がひどいです。／家父的花粉症很嚴重。

0185 かべ 【壁】
☐☐☐

名 牆壁；障礙

類 邪魔 (阻礙)
例 子どもたちに、壁に絵をかかないように言った。／已經告訴小孩不要在牆上塗鴉。

文法
ように [請…；希望…]
▶ 表示祈求、願望、希望、勸告或輕微的命令等。

0186 かまう 【構う】
☐☐☐

自他五 在意，理會；逗弄

類 心配 (擔心)、世話する (照顧)
例 あんな男にはかまうな。／不要理會那種男人。

0187 □□□	かみ 【髪】	名 頭髮

類 髪の毛（頭髮）
例 髪を短く切るつもりだったが、やめた。
／原本想把頭髮剪短，但作罷了。

0188 □□□	かむ 【噛む】	他五 咬

類 食べる（吃）；吸う（吸入）
例 犬にかまれました。／被狗咬了。

0189 □□□	かよう 【通う】	自五 來往，往來（兩地間）；通連，相通

類 通る（通過）；勤める（勤務） 對 休む（休息）
例 学校に通うことができて、まるで夢を見ているようだ。
／能夠上學，簡直像在作夢一樣。

0190 □□□	ガラス 【(荷) glas】	名 玻璃

類 グラス（glass・玻璃）、コップ（kop・杯子）
例 ガラスは、プラスチックより割れやすいです。
／玻璃比塑膠容易破。

0191 □□□	かれ 【彼】	名・代 他；男朋友

類 あの人（那個人） 對 彼女（她）
例 彼がそんな人だとは、思いませんでした。
／沒想到他是那種人。

0192 □□□	かれし 【彼氏】	名・代 男朋友；他

類 彼（男朋友） 對 彼女（女朋友）
例 彼氏はいますか。
／你有男朋友嗎？

0193
□□□
かれら
【彼等】
（名・代）他們

(類) 奴ら（他們）
(例) 彼らは本当に男らしい。／他們真是男子漢。

0194
□□□
かわく
【乾く】
（自五）乾；口渇

(類) 乾かす（晾乾） (對) 濡れる（淋溼）
(例) 洗濯物が、そんなに早く乾くはずがありません。
／洗好的衣物，<u>不可能</u>那麼快就乾。

(文法)
はずがない［不可能…；
沒有…的道理］
▶ 表示說話人根據事實，理論或已擁有的知識，來推論某一事物不可能實現。

0195
□□□
かわり
【代わり】
（名）代替，替代；補償，報答；續（碗、杯等）

(類) 交換（交替）
(例) 父の代わりに、その仕事をやらせてください。
／請讓我代替父親，做那個工作。

(文法)
(さ)せてください［請允許…］
▶ 表示［我請對方允許我做某事］之意，是客氣地請求對方允許、承認的說法。

0196
□□□
かわりに
【代わりに】
（接續）代替，替代；交換

(類) 代わる（替換）
(例) ワインの代わりに、酢で味をつけてもいい。
／可以用醋來取代葡萄酒調味。

0197
□□□
かわる
【変わる】
（自五）變化，改變；奇怪；與眾不同

(類) 変える（變換）；なる（變成）
(例) 彼は、考えが変わったようだ。／他的想法好像變了。

0198
□□□
かんがえる
【考える】
（他下一）想，思考；考慮；認為

(類) 思う（覺得）
(例) その問題は、彼に考えさせます。
／我讓他想那個問題。

(文法)
(さ)せる［讓…；叫…］
▶ 表示某人強迫他人做某事，由說話者具有強迫性。只適用於長輩對晚輩或同輩之間。

あ

か

さ

た

な

は

ま

や

ら

わ

練習

0199 □□□	かんけい 【関係】	名 關係；影響

類 仲 (交情)

例 みんな、二人の関係を知りたがっています。
／大家都很想知道他們兩人的關係。

0200 □□□	かんげいかい 【歓迎会】	名 歡迎會，迎新會

類 パーティー (party・派對)　反 送別会 (歡送會)

例 今日は、新入生の歓迎会があります。
／今天有舉辦新生的歡迎會。

0201 □□□	かんごし 【看護師】	名 護理師，護士

類 ナース (nurse・護理人員)　反 お医者さん (醫師)

例 私はもう 30 年も看護師をしています。
／我當看護師已長達 30 年了。

0202 □□□	かんそうき 【乾燥機】	名 乾燥機，烘乾機

類 乾く (晾乾)

例 梅雨の時期は、乾燥機が欠かせません。
／乾燥機是梅雨時期不可或缺的工具。

0203 □□□	かんたん 【簡単】	形動 簡單；輕易；簡便

類 易しい (簡單)　反 複雑 (複雜)

例 簡単な問題なので、自分でできます。／因為問題很簡單，我自己可以處理。

0204 □□□	がんばる 【頑張る】	自五 努力，加油；堅持

類 一生懸命 (努力)　反 さぼる (缺勤)

例 父に、合格するまでがんばれと言われた。
／父親要我努力，直到考上為止。

0205 □□□ ⑩10	き【気】	⑧ 氣，氣息；心思；意識；性質

➡ 心；気持ち（感受）
例 たぶん気がつくだろう。／應該會發現吧！

0206 □□□	キーボード【keyboard】	⑧ 鍵盤；電腦鍵盤；電子琴

➡ 叩く（敲）
例 このキーボードは私が使っているものと並び方が違います。
／這個鍵盤跟我正在用的鍵盤，按鍵的排列方式不同。

0207 □□□	きかい【機会】	⑧ 機會

➡ 場合（時候）；都合（機會）
例 彼女に会えるいい機会だったのに、残念でしたね。
／難得有這麼好的機會去見她，真是可惜啊。

0208 □□□	きかい【機械】	⑧ 機械

➡ マシン（machine・機器）
例 機械のような音がしますね。
／發出像機械般的聲音耶。

0209 □□□	きけん【危険】	名・形動 危険

➡ 危ない（危険的）；心配（擔心）、怖い（害怕） ⇔ 安心（安心）
例 彼は危険なところに行こうとしている。
／他打算要去危險的地方。

0210 □□□	きこえる【聞こえる】	自下一 聽得見，能聽到；聽起來像是…；聞名

➡ 聞く（聽） ⇔ 見える（看得見）
例 電車の音が聞こえてきました。
／聽到電車的聲音了。

0211 □□□	きしゃ【汽車】	⑧ 火車

⑩ 電車 (電車)

例 あれは、青森に行く汽車らしい。

/那好像是開往青森的火車。

0212 □□□	ぎじゅつ【技術】	⑧ 技術

⑩ 腕 (技術)；テクニック (technic・技術)

例 ますます技術が発展していくでしょう。

/技術會愈來愈進步吧！

0213 □□□	きせつ【季節】	⑧ 季節

⑩ 四季 (四季)

例 今の季節は、とても過ごしやすい。

/現在這季節很舒服。

0214 □□□	きそく【規則】	⑧ 規則，規定

⑩ ルール (rule・規則)；決める (決定)

例 規則を守りなさい。

/你要遵守規定。

0215 □□□	きつえんせき【喫煙席】	⑧ 吸煙席，吸煙區

⑩ 禁煙席 (禁煙區)

例 喫煙席はありますか。 /請問有吸煙座位嗎？

0216 □□□	きっと	⑩ 一定，務必

⑩ 必ず (必定)

例 きっと彼が行くことになるでしょう。

/一定會是他去吧！

0217
□□□

きぬ
【絹】

⑧ 絲

⑨布（布料）
⑩彼女の誕生日に、絹のスカーフをあげました。
／她的生日，我送了絲質的圍巾給她。

0218
□□□

きびしい
【厳しい】

⑱ 嚴格；嚴重；嚴酷

⑭難しい（困難）、冷たい（冷淡）　⑲優しい（溫柔）；甘い（寬容）
⑩新しい先生は、厳しいかもしれない。
／新老師也許會很嚴格。

0219
□□□

きぶん
【気分】

⑧ 情緒；氣氛；身體狀況

⑭気持ち（感情）；思い（想法）
⑩気分が悪くても、会社を休みません。
／即使身體不舒服，也不請假。

0220
□□□

きまる
【決まる】

⑲五 決定；規定；決定勝負

⑭決める（決定）；通る（通過）
⑩先生が来るかどうか、まだ決まっていません。
／老師還沒決定是否要來。

0221
□□□

きみ
【君】

⑧ 你（男性對同輩以下的親密稱呼）

⑭あなた（你）　⑲僕（我）
⑩君は、将来何をしたいの？
／你將來想做什麼？

0222
□□□

きめる
【決める】

⑲他下一 決定；規定；認定

⑭決まる（決定）
⑩予定をこう決めました。
／行程就這樣決定了。

讀書計劃：□□／□□
□□／□□

| 0223 ☐☐☐ | **きもち**
【気持ち】 | (名) 心情；感覺；身體狀況 |

🏃 気分（感覺）

例 暗い気持ちのまま帰ってきた。
　　/心情鬱悶地回來了。

文法

まま […～着]

▶ 表示附帶狀況，指一個動作或作用的結果，在這個狀態還持續時，進行了後項的動作，或發生後項的事態。

| 0224 ☐☐☐ | **きもの**
【着物】 | (名) 衣服；和服 |

🏃 服（衣服）　🔄 洋服（西服）

例 着物とドレスと、どちらのほうが素敵ですか。
　　/和服與洋裝，哪一件比較漂亮？

| 0225 ☐☐☐ | **きゃく**
【客】 | (名) 客人；顧客 |

🏃 観客（觀眾）　🔄 店員（店員）、主人（主人）

例 客がたくさん入るだろう。／會有很多客人進來吧！

| 0226 ☐☐☐ | **キャッシュカード**
【cash card】 | (名) 金融卡，提款卡 |

🏃 クレジットカード（credit card・信用卡）

例 キャッシュカードを忘れてきました。／我忘記把金融卡帶來了。

| 0227 ☐☐☐ | **キャンセル**
【cancel】 | (名・他サ) 取消，作廢；廢除 |

🏃 中止（中止）　🔄 続く（繼續）

例 ホテルをキャンセルしました。／取消了飯店的訂房。

| 0228 ☐☐☐ | **きゅう**
【急】 | (名・形動) 急迫；突然；陡 |

🏃 急いで（趕緊）　🔄 ゆっくり（慢慢來）

例 部長は急な用事で今日は出社しません。
　　/部長因為出了急事，今天不會進公司。

| 0229 □□□ | **きゅうこう**
【急行】 | 名・自サ 急行；快車 |

類 急ぐ（急速）
例 急行に乗ったので、早く着いた。／因為搭乘快車・所以提早到了。

| 0230 □□□ | **きゅうに**
【急に】 | 副 突然 |

類 急ぐ（急速） 對 だんだん（逐漸）
例 車は、急に止まる<u>ことができない</u>。
／車子沒辦法突然停下來。

文法
ことができる[能…・會…]
▶ 技術上是可以做到的。

| 0231 □□□ | **きゅうブレーキ**
【急 brake】 | 名 緊急剎車 |

類 ストップ（stop・停）
例 急ブレーキをかけることがありますから、必ずシートベルトを
してください。／由於有緊急煞車的可能・因此請繫好您的安全帶。

| 0232 □□□ | **きょういく**
【教育】 | 名・他サ 教育 |

類 教える（教導） 對 習う（學習）
例 学校教育について、研究<u>しているところだ</u>。
／正在研究學校教育。

文法
ているところだ[正在…]
▶ 表示動作、變化處於正在進行的階段。
▶ 近 につき[有關…]

| 0233 □□□ | **きょうかい**
【教会】 | 名 教會 |

類 会（…會）
例 明日、教会でコンサートがあるかもしれない。／明天教會也許有音樂會。

| 0234 □□□ | **きょうそう**
【競争】 | 名・自他サ 競爭・競賽 |

類 試合（比賽）
例 一緒に勉強して、お互いに競争<u>するように</u>
<u>した</u>。／一起唸書・以競爭方式來激勵彼此。

文法
ようにする[設法使…]
▶ 表示說話人自己將前項的行為、狀況當作目標而努力。

0235
□□□
きょうみ
【興味】
名 興趣

類 趣味（興趣）

例 興味があれば、お教えします。
／如果有興趣，我可以教您。

0236
□□□
きんえんせき
【禁煙席】
名 禁煙席，禁煙區

類 喫煙席（吸煙區）

例 禁煙席をお願いします。／麻煩你，我要禁煙區的座位。

0237
□□□
きんじょ
【近所】
名 附近；鄰居

類 近く（附近）、周り（周遭）

例 近所の人が、りんごをくれました。／鄰居送了我蘋果。

0238
□□□
ぐあい
【具合】
名 （健康等）狀況；方便，合適；方法

類 調子、様子（狀況）

例 もう具合はよくなられましたか。
／您身體好些了嗎？

| 文法 |
| (ら)れる |
| ▶ 表示對對方或話題人物的尊敬，就是在表敬意之對象的動作上用尊敬助動詞。 |

0239
□□□
くうき
【空気】
名 空氣；氣氛

類 気（氣）；風（風）

例 その町は、空気がきれいですか。／那個小鎮空氣好嗎？

0240
□□□
くうこう
【空港】
名 機場

類 飛行場（機場）

例 空港まで、送ってさしあげた。／送他到機場了。

0241
□□□

く|さ
【草】

⑧ 草

類 葉（菓子）　対 木（樹）

例 草を取って、歩きやすいようにした。
／把草拔掉，以方便走路。

文法
ようにする[設法使…]
▶ 表示對某人或事物，施予某動作，使其起作用。

0242
□□□

く|だ|さ|る
【下さる】

他五 給，給予（「くれる」的尊敬語）

類 下さい（請給）

例 先生が、今本をくださったところです。／老師剛把書給我。

0243
□□□

く|び
【首】

⑧ 頸部，脖子；頭部，腦袋

類 喉（喉嚨）；体（身體）

例 どうしてか、首がちょっと痛いです。
／不知道為什麼，脖子有點痛。

0244
□□□

く|も
【雲】

⑧ 雲

類 雨（下雨）、雪（下雪）　対 晴れ（放晴）

例 白い煙がたくさん出て、雲のようだ。
／冒出了很多白煙，像雲一般。

0245
□□□

く|ら|べ|る
【比べる】

他下一 比較

類 より（比…）

例 妹と比べると、姉の方がやっぱり美人だ。
／跟妹妹比起來，姊姊果然是美女。

0246
□□□

ク|リ|ッ|ク
【click】

名・他サ 喀嚓聲；按下（按鍵）

類 押す（按）

例 ここを二回クリックしてください。／請在這裡點兩下。

| 0247 □□□ | **クレジットカード**
【credit card】 | 名 信用卡 |

題 キャッシュカード（cash card・金融卡）
例 初めてクレジットカードを作りました。
/我第一次辦信用卡。

| 0248 □□□ | **くれる**
【呉れる】 | 他下一 給我 |

題 もらう（接收）　**反** やる（給）
例 そのお金を私にくれ。/那筆錢給我。

| 0249 □□□ | **くれる**
【暮れる】 | 自下一 日暮，天黑；到了尾聲，年終 |

題 明ける（天亮）
例 日が暮れたのに、子どもたちはまだ遊んでいる。
/天都黑了，孩子們卻還在玩。

| 0250 □□□ | **くん**
【君】 | 接尾 君 |

題 さん（先生・小姐）
例 田中君でも、誘おうかと思います。/我在想是不是也邀請田中君。

け

| 0251 □□□ | **け**
【毛】 | 名 頭髮，汗毛 |

題 ひげ（鬍子）
例 しばらく会わない間に父の髪の毛はすっかり白くなっていた。
/好一陣子沒和父親見面，父親的頭髮全都變白了。

| 0252 □□□ | **け**
【毛】 | 名 毛線，毛織物 |

題 糸（絲線）
例 このセーターはウサギの毛で編んだものです。
/這件毛衣是用兔毛編織而成的。

0253 □□□
けいかく
【計画】
(名・他サ) 計劃

🔁 予定 (預定)、企画 (規劃)
📝 私の計画をご説明いたしましょう。
／我來說明一下我的計劃！

0254 □□□
けいかん
【警官】
(名) 警察；巡警

🔁 お巡りさん (巡警)
📝 警官は、事故について話すように言いました。
／警察要我說關於事故的發生經過。

0255 □□□
けいけん
【経験】
(名・他サ) 經驗，經歷

🔁 勉強 (累積經驗)
📝 経験がないまま、この仕事をしている。
／我在沒有經驗的情況下，從事這份工作。

0256 □□□
けいざい
【経済】
(名) 經濟

🔁 金 (錢)；政治 (政治)
📝 日本の経済について、ちょっとお聞きします。
／有關日本經濟，想請教你一下。

0257 □□□
けいざいがく
【経済学】
(名) 經濟學

(12)

🔁 政治学 (政治學)
📝 大学で経済学の理論を勉強しています。
／我在大學裡主修經濟學理論。

0258 □□□	けいさつ 【警察】	⑧ 警察；警察局

鄉 警官（警官）

例 警察に連絡することにしました。
／決定向警察報案。

文法
ことにする [決定…]
▶ 表示説話人以自己的意
志，主觀地對將來的行為
做出某種決定、決心。

0259 □□□	ケーキ 【cake】	⑧ 蛋糕

鄉 お菓子（甜點）

例 僕が出かけている間に、弟にケーキを食べられた。
／我外出的時候，蛋糕被弟弟吃掉了。

0260 □□□	けいたいでんわ 【携帯電話】	⑧ 手機，行動電話

鄉 電話（電話）

例 どこの携帯電話を使っていますか。
／請問你是用哪一家的手機呢？

0261 □□□	けが 【怪我】	⑧・自サ 受傷；損失，過失

鄉 病気（生病）；事故（意外）⇄元気（健康）

例 事故で、たくさんの人がけがをしたようだ。
／好像因為事故很多人都受了傷。

0262 □□□	けしき 【景色】	⑧ 景色，風景

鄉 風景（風景）；写真（照片）

例 どこか、景色のいいところへ行きたい。／想去風景好的地方。

0263 □□□	けしゴム 【消し+(荷)gom】	⑧ 橡皮擦

鄉 消す（消去）

例 この色鉛筆は消しゴムできれいに消せるよ。
／這種彩色鉛筆用橡皮擦可以擦得很乾淨。

0264 げしゅく 【下宿】

名・自サ 寄宿，借宿

園 泊まる、住む (住)

例 下宿の探し方がわかりません。／不知道如何尋找住的公寓。

0265 けっして 【決して】

副 (後接否定) 絕對 (不)

園 きっと (絕對)

例 このことは、決してだれにも言えない。
／這件事我絕沒辦法跟任何人說。

0266 けれど・けれども

接助 但是

園 しかし、…が… (但是)

例 夏の暑さは厳しいけれど、冬は過ごしやすい
です。／那裡夏天的酷熱非常難受，但冬天很舒服。

> **文法**
> さ
> ▶ 接在形容詞、形容動詞的詞幹後面等構成名詞，表示程度或狀態。

0267 げん 【県】

名 縣

園 市 (市)

例 この山を越えると山梨県です。／越過這座山就是山梨縣了。

0268 けん・げん 【軒】

接尾 …間，…家

園 屋 (店，房子)

例 村には、薬屋が３軒もあるのだ。／村裡竟有３家藥局。

0269 げんいん 【原因】

名 原因

園 訳、理由 (理由)

例 原因は、小さなことでございました。
／原因是一件小事。

> **文法**
> でございます [是…]
> ▶ 前接名詞，為鄭重語。鄭重語用在和長輩或不熟的對象交談時。表示對聽話人表示尊敬。

0270 □□□	**けんか**【喧嘩】	(名・自サ) 吵架；打架

類 戦争（打仗） 對 仲直り（和好）

例 喧嘩するなら別々に遊びなさい。 ／如果要吵架，就自己玩自己的！

0271 □□□	**けんきゅうしつ**【研究室】	(名) 研究室

類 教室（教室）

例 週の半分以上は研究室で過ごした。

　／一星期裡有一半的時間，都是在研究室度過。

0272 □□□	**けんきゅう**【研究】	(名・他サ) 研究

類 勉強（學習）

例 医学の研究で新しい薬が生まれた。 ／因醫學研究而開發了新藥。

0273 □□□	**げんごがく**【言語学】	(名) 語言學

類 言葉（語言）

例 言語学って、どんなことを勉強するのですか。

　／語言學是在唸什麼的呢？

0274 □□□	**けんぶつ**【見物】	(名・他サ) 觀光，參觀

類 訪ねる（訪問）；旅行（旅行）

例 祭りを見物させてください。

　／請讓我參觀祭典。

0275 □□□	**けんめい**【件名】	(名)（電腦）郵件主旨；項目名稱；類別

類 名（名稱）

例 件名を必ず入れてくださいね。

　／請務必輸入信件主旨喔。

0276
13
こ
【子】

名 孩子

類 子供 (孩子)　對 親 (父母親)

例 うちの子は、まだ5歳なのにピアノがじょうずです。／我家小孩才5歲，卻很會彈琴。

文法
のに［明明…，卻…］
▶ 表示前項和後項呈現對比的關係。

0277
ご
【御】

接頭 貴（接在跟對方有關的事物、動作的漢字詞前）表示尊敬語、謙讓語

類 お（（表尊敬）貴…）

例 ご近所にあいさつをしなくてもいいですか。
／不跟（貴）鄰居打聲招呼好嗎？

文法
ご…[貴…]
▶ 後接名詞（跟對方有關的行為、狀態或所有物），表示尊敬、鄭重、親愛，另外，還有習慣用法等意思。

0278
コインランドリー
【coin-operated laundry】

名 自助洗衣店

類 クリーニング (cleaning・洗衣服)

例 駅前に行けば、コインランドリーがありますよ。
／只要到車站前就會有自助洗衣店喔。

0279
こう

副 如此；這樣，這麼

類 そう (那樣)　對 ああ (那樣)

例 そうしてもいいが、こうすることもできる。
／雖然那樣也可以，但這樣做也可以。

0280
こうがい
【郊外】

名 郊外

類 田舎 (鄉村)　對 都市 (城市)

例 郊外は住みやすいですね。／郊外住起來舒服呢。

0281
こうき
【後期】

名 後期，下半期，後半期

類 期間 (期間)　對 前期 (前半期)

例 後期の試験はいつごろありますか。／請問下半期課程的考試大概在什麼時候？

讀書計劃：□／□
　　　　　　□／□
　　　　　　□／□

0282 こうぎ 【講義】

(名・他サ) 講義，上課，大學課程

(類) 授業（上課）

(例) 大学の先生に、法律について講義をしていただきました。
/請大學老師幫我上了法律課。

文法
について [有關…]
▶ 表示前項先提出一個話題，後項則針對這個話題進行説明。
▶ 近 についても[有關…]

0283 こうぎょう 【工業】

(名) 工業

(類) 農業（農業）

(例) 工業と商業と、どちらのほうが盛んですか。
/工業與商業，哪一種比較興盛？

文法
と…と…どちら [在…與…中，哪…]
▶ 表示從兩個裡面選一個，也就是詢問兩個人或兩件事，哪一個適合後項。

0284 こうきょうりょうきん 【公共料金】

(名) 公共費用

(類) 料金（費用）

(例) 公共料金は、銀行の自動引き落としにしています。
/公共費用是由銀行自動轉帳來繳納的。

0285 こうこう・こうとうがっこう 【高校・高等学校】

(名) 高中

(類) 小学校（小學）

(例) 高校の時の先生が、アドバイスをしてくれた。
/高中時代的老師給了我建議。

文法
てくれる [(為我)做…]
▶ 表示他人為我，或為我方的人做前項有益的行為。用在帶著感謝的心情，接受別人的行為。

0286 こうこうせい 【高校生】

(名) 高中生

(類) 学生（學生）；生徒（學生）

(例) 高校生の息子に、英語の辞書をやった。
/我送英文辭典給高中生的兒子。

0287		
ごうコン 【合コン】		ⒸⒶ 聯誼

㊣ パーティー (party・派對)、宴会 (宴會)

⑲ 大学生は合コンに行くのが好きですねえ。

／大學生還是喜歡參加聯誼呢。

文法

のが
▶ 前接短句，表示強調。
另能使其名詞化，成為句
子的主語或目的語。

0288		
こうじちゅう 【工事中】		ⒸⒶ 施工中；(網頁) 建製中

㊣ 仕事中 (工作中)

⑲ この先は工事中です。 ／前面正在施工中。

0289		
こうじょう 【工場】		ⒸⒶ 工廠

㊣ 工場 (工廠)；事務所 (辦公室)

⑲ 工場で働かせてください。

／請讓我在工廠工作。

文法

(させてください[請允許…])
▶ 表示「我請對方允許我做
前項」之意，是客氣地請求
對方允許、承認的說法。

0290		
こうちょう 【校長】		ⒸⒶ 校長

㊣ 先生 (老師)

⑲ 校長が、これから話をするところです。

／校長正要開始說話。

文法

が
▶ 接在名詞的後面，表示
後面的動作或狀態的主體。

0291		
こうつう 【交通】		ⒸⒶ 交通

㊣ 交通費 (交通費)

⑲ 東京は、交通が便利です。 ／東京交通便利。

0292		
こうどう 【講堂】		ⒸⒶ 禮堂

㊣ 式場 (會場；禮堂)

⑲ みんなが講堂に集まりました。

／大家在禮堂集合。

0293 こうむいん 【公務員】
③ 公務員

⑨ 会社員 (公司職員)
⑩ 公務員になるのは、難しいようです。
／要當公務員好像很難。

文法
のは
▶ 前接短句，表示強調。
另能使其名詞化，成為
句子的主語或目的語。

0294 コーヒーカップ 【coffee cup】
③ 咖啡杯

⑭ コップ (kop・杯子)；茶碗 (飯碗)
⑩ コーヒーカップを集めています。／我正在收集咖啡杯。

0295 こくさい 【国際】
③ 國際

⑨ 世界 (世界)　⑩ 国内 (國內)
⑩ 彼女はきっと国際的な仕事をするだろう。
／她一定會從事國際性的工作吧！

文法
だろう[…吧]
▶ 表示說話人對未來不
確定事物的推測，且
說話人對自己的推測有
相當大的把握。

0296 こくない 【国内】
③ 該國內部，國內

⑨ 国 (國家；故鄉)　⑩ 国外 (國外)
⑩ 今年の夏は、国内旅行に行くつもりです。
／今年夏天我打算要做國內旅行。

文法
つもりだ [打算…]
▶ 表示說話者的意志，
預定，計畫等，也可以
表示第三人稱的意志。

0297 こころ 【心】
③ 內心；心情

14

⑨ 気持ち (心情)　⑭ 体 (身體)
⑩ 彼の心の優しさに、感動しました。
／他善良的心地，叫人很感動。

文法
さ
▶ 接在形容詞、形容動
詞的詞幹後面等構成名
詞，表示程度或狀態。

0298
ございます　㉙（特殊形）是，在（「ある」、「あります」的鄭重説法
表示尊敬）

㊙ です（是；尊敬的說法）
㊙ 山田はただいま接客中でございます。／山田正在和客人會談。

0299
こさじ【小匙】　㊙ 小匙，茶匙

㊙ スプーン（spoon・湯匙）；箸（筷子）
㊙ 塩は小匙半分で十分です。
／鹽只要加小湯匙一半的份量就足夠了。

0300
こしょう【故障】　㊙・自サ 故障

㊙ 壊れる（壞掉）；直る（修理好）
㊙ 私のコンピューターは、故障しやすい。
／我的電腦老是故障。

文法
やすい［容易…；好…］
▶ 表示該行為，動作很容易進行；該事情很容易發生，或容易發生某種變化，亦或是性質上很容易有那樣的傾向。

0301
こそだて【子育て】　㊙・自サ 養育小孩，育兒

㊙ 育てる（撫育）
㊙ 毎日、子育てに追われています。／每天都忙著帶小孩。

0302
ごぞんじ【ご存知】　㊙ 您知道（尊敬語）

㊙ 知る（知道）
㊙ ご存じのことをお教えください。
／請告訴我您所知道的事。

文法
お…ください［請…］
▶ 用在對客人，屬下對上司的請求，表示敬意而抬高對方行為的表現方式。

0303
こたえ【答え】　㊙ 回答；答覆；答案

㊙ 返事（回答；回信）　㊙ 質問（提問）
㊙ テストの答えは、もう書きました。／考試的答案，已經寫好了。

0304
□□□
ごちそう
【御馳走】

（名・他サ）請客；豐盛佳餚

類 招待（款待）

例 ごちそうがなくてもいいです。
／沒有豐盛的佳餚也無所謂。

文法
ご…[貴…]
▶ 後接名詞（跟對方有關的行為，狀態或所有物），表示尊敬，鄭重、親愛，另外，還有習慣用法等意思。

0305
□□□
こっち
【此方】

（名）這裡，這邊

類 そっち（那邊）　**對** あっち（那邊）

例 こっちに、なにか面白い鳥がいます。
／這裡有一隻有趣的鳥。

文法
か
▶ 前接疑問詞。當一個完整的句子中，包含另一個帶有疑問詞的疑問句時，則表示事態的不明確性。

0306
□□□
こと
【事】

（名）事情

類 物（事情；物品）

例 おかしいことを言ったのに、だれも面白がらない。
／說了滑稽的事，卻沒人覺得有趣。

文法
がらない [不覺得…]
▶ 表示某人說了什麼話或做了什麼動作，而給說話人留下這種想法，有這種感覺，這樣做的印象。

0307
□□□
ことり
【小鳥】

（名）小鳥

類 鳥（鳥兒）

例 小鳥には、何をやったらいいですか。／餵什麼給小鳥吃好呢？

0308
□□□
このあいだ
【この間】

（副）最近；前幾天

類 このごろ（近來）；さっき（剛才）

例 この間、山中先生にお会いしました。少し痩せましたよ。
／前幾天跟山中老師碰了面。老師略顯消瘦了些。

0309
□□□ **こ**のごろ
【此の頃】　　　圖 最近

類 最近（最近）；今（目前）　反 昔（以前）
例 このごろ、考えさせられることが多いです。
　/最近讓人省思的事情很多。

文法
(さ)せられる[讓人…]
▶ 由於外在的刺激，而產生某作用、狀況。

0310
□□□ こ**ま**かい
【細かい】　　　形 細小；仔細；無微不至

類 小さい（小的）；丁寧（仔細）　反 大きい（大的）
例 細かいことは言わずに、適当にやりましょう。
　/別在意小地方了，看情況做吧！

文法
ず(に)[不…地；沒…地]
▶ 表示以否定的狀態或方式來做後項的動作，或產生後項的結果，語氣較生硬。

0311
□□□ ご**み**　　　　圖 垃圾

類 塵（小垃圾）；生ゴミ（廚餘）
例 道にごみを捨てるな。
　/別把垃圾丟在路邊。

文法
な[不要…]
▶ 表示禁止。命令對方不要做某事的說法。由於說法比較粗魯，所以大都是直接面對當事人說。

0312
□□□ こ**め**
【米】　　　　圖 米

類 ご飯（米飯）；パン（pão・麵包）
例 台所に米があるかどうか、見てきてください。
　/你去看廚房裡是不是還有米。

文法
かどうか[是否…]
▶ 表示從相反的兩種情況或事物之中選擇其一。

0313
□□□ ご**ら**んになる
【ご覧になる】　　他五 看，閱讀（尊敬語）

類 見る（看見）；読む（閱讀）
例 ここから、富士山をごらんになることができます。
　/從這裡可以看到富士山。

文法
ことができる[能…；會…]
▶ 表示在外部的狀況、規定等客觀條件允許時可能做。

0314
□□□
これから
連語 接下來，現在起

あ

か

類 将来 (將來)

例 これから、母にあげるものを買いに行きます。
／現在要去買送母親的禮物。

> **文法**
> あげる [給予…]
> ▶ 授受物品的表達方式。
> 表示給予人 (說話者或說
> 話一方的親友等)，給予
> 接受人有利益的事物。

0315
□□□
こわい
【怖い】
形 可怕，害怕

さ

類 危険 (危險) 對 安全 (安全)

例 どんなに怖くても、絶対泣かない。
／不管怎麼害怕，也絕不哭。

> **文法**
> ても [不管…也…]
> ▶ 前接疑問詞，表示不
> 論什麼場合，什麼條件，
> 都要進行後項，或是都
> 會產生後項的結果。

た

0316
□□□
こわす
【壊す】
他五 弄碎；破壞

な

類 壊れる (破裂) 對 建てる (建造)

例 コップを壊してしまいました。
／摔破杯子了。

> **文法**
> てしまう [(感慨)…了]
> ▶ 表示出現了說話人不
> 願意看到的結果，含有
> 遺憾、惋惜，後悔等語
> 氣，這時候一般接的是
> 無意志的動詞。

は

ま

0317
□□□
こわれる
【壊れる】
自下一 壞掉，損壞；故障

類 故障 (故障) 對 直る (修理好)

例 台風で、窓が壊れました。／窗戶因颱風，而壞掉了。

や

0318
□□□
コンサート
【concert】
名 音樂會

ら

類 音楽会 (音樂會)

例 コンサートでも行きませんか。
／要不要去聽音樂會？

> **文法**
> でも […之類的]
> ▶ 用於舉例。表示雖然
> 含有其他的選擇，但還
> 是舉出一個具體代表性的
> 例子。

わ

練習

0319 こんど 【今度】

□□□

名 這次；下次；以後

- 近 次（下次）
- 例 今度、すてきな服を買ってあげましょう。
  /下次買漂亮的衣服給你！

文法
てあげる[（為他人）做…]
▶ 表示自己或站在一方的人，為他人做某項利益的行為。

0320 コンピューター 【computer】

□□□

名 電腦

- 近 パソコン（personal computer・個人電腦）
- 例 仕事中にコンピューターが固まって動かなくなってしまった。
  /工作中電腦卡住，跑不動了。

文法
てしまう[…了]
▶ 表示出現了說話人不願意看到的結果，含有遺憾、惋惜、後悔等語氣，這時候一般接的是無意志的動詞。

0321 こんや 【今夜】

□□□

名 今晚

- 近 今晩（今晚）、夕べ（昨晚）
- 例 今夜までに連絡します。
  /今晚以前會跟你聯絡。

文法
までに[在…之前]
▶ 接在表示時間的名詞後面，表示動作或事情的截止日期或期限。

さ

0322
□□□
15

さいきん
【最近】　名・副 最近

類 今（現在）；この頃（近來）　對 昔（以前）

例 彼女は最近、勉強もしないし、遊びにも行
きません。

/她最近既不唸書也不去玩。

文法
し[既…又…；不僅…而且…]
▶ 用在並列陳述性質相同的複數事物，或說話人認為兩事物是有相關連的時候。
▶ 近し[反正…不如…]

0323
□□□

さいご
【最後】　名 最後

類 終わり（結束）　對 最初（開始）

例 最後まで戦う。

/戰到最後。

文法
まで[到…時候為止]
▶ 表示某事件或動作，直在某時間點前都持續著。

0324
□□□

さいしょ
【最初】　名 最初，首先

類 一番（第一個）　對 最後（最後）

例 最初の子は女の子だったから、次は男の子がほしい。

/第一胎是生女的，所以第二胎希望生個男的。

0325
□□□

さいふ
【財布】　名 錢包

類 カバン（手提包）

例 彼女の財布は重そうです。

/她的錢包好像很重的樣子。

文法
そう[好像…]
▶ 表示說話人根據親身的見聞，而下的一種判斷。

0326
□□□

さか
【坂】　名 斜坡

類 山（山）

例 自転車を押しながら坂を上った。

/邊推著腳踏車，邊爬上斜坡。

あ
か
さ
た
な
は
ま
や
ら
わ
練習

0327 □□□
さがす
【探す・捜す】
他五 尋找，找尋

動 尋ねる（尋找）；見つかる（找到）

例 彼が財布をなくしたので、一緒に探してやりました。／他的錢包不見了，所以一起幫忙尋找。

文法
てやる
▶ 表示以施恩或給予利益的心情，為下級或晚輩（或動、植物）做有益的事。

0328 □□□
さがる
【下がる】
自五 下降；下垂；降低（價格、程度、溫度等）；衰退

動 下げる（降下）　反 上がる（提高）

例 気温が下がる。／氣溫下降。

0329 □□□
さかん
【盛ん】
形動 繁盛，興盛

動 賑やか（熱鬧）

例 この町は、工業も盛んだし商業も盛んだ。／這小鎮工業跟商業都很興盛。

0330 □□□
さげる
【下げる】
他下一 降低，向下；掛；躲開；整理，收拾

動 落とす（使降落）；しまう（整理收拾）　反 上げる（使升高）

例 飲み終わったら、コップを下げます。
／一喝完了，杯子就會收走。

文法
おわる [結束]
▶ 接在動詞連用形後面，表示前接動詞的結束、完了。

0331 □□□
さしあげる
【差し上げる】
他下一 給（「あげる」的謙讓語）

動 あげる（給予）

例 差し上げた薬を、毎日お飲みになってください。
／開給您的藥，請每天服用。

文法
お…になる
▶ 表示對對方或話題中提到的人物的尊敬，這是為了表示敬意而抬高對行為的表現方式。

0332 □□□
さしだしにん
【差出人】
名 發信人，寄件人

動 宛先（收信人姓名）

例 差出人はだれですか。／寄件人是哪一位？

讀書計劃：
□/□
□/□
□/□

Japanese-Language Proficiency Test
N4
144

| 0333 □□□ | **さっき** | 名・副 剛剛，剛才 |

同 最近 (近來)

例 さっきここにいたのは、だれだい？
/剛才在這裡的是誰呀？

文法
だい […呀]
▶ 表示向對方詢問的語氣，有時也含有責備或責問的口氣。男性用言，用在口語，說法較為老氣。

| 0334 □□□ | **さびしい**
【寂しい】 | 形 孤單；寂寞；荒涼，冷清；空虛 |

同 一人 (一個人) **反** 賑やか (熱鬧)

例 寂しいので、遊びに来てください。/因為我很寂寞，過來坐坐吧！

| 0335 □□□ | **さま**
【様】 | 接尾 先生，小姐 |

同 さん (先生・小姐)；方 (各位)

例 山田様、どうぞお入りください。/山田先生，請進。

| 0336 □□□ | **さらいげつ**
【再来月】 | 名 下下個月 |

同 来月 (下個月)

例 再来月国に帰るので、準備をしています。
/下下個月要回國，所以正在準備行李。

| 0337 □□□ | **さらいしゅう**
【再来週】 | 名 下下星期 |

同 来週 (下星期)

例 再来週遊びに来るのは、伯父です。
/下下星期要來玩的是伯父。

| 0338 □□□ | **サラダ**
【salad】 | 名 沙拉 |

同 野菜 (蔬菜)

例 朝はいつも母が作ってくれたパンとサラダです。
/早上都是吃媽媽做的麵包跟沙拉！

0339 さわぐ 【騒ぐ】

（自五）吵鬧，喧嚣；慌亂，慌張；激動

- 煩い（吵雜） ⇔ 静か（安靜）
- 例 教室で騒いでいるのは、誰なの？
  /是誰在教室吵鬧呀？

文法
の […呢]
▶ 用在句尾，以升調表示發問，一般是用在對兒童，或關係比較親密的人，為口語用法。

0340 さわる 【触る】

（自五）碰觸，觸摸；接觸；觸怒，觸犯

- 取る（拿取）
- 例 このボタンには、絶対触ってはいけない。
  /絶對不可觸摸這個按紐。

文法
てはいけない [不准…]
▶ 表示禁止，基於某種理由、規則，直接跟聽話人表示不能做前項事情。

0341 さんぎょう 【産業】

（名）產業

- 工業（工業）
- 例 彼女は自動車産業の株をたくさん持っている。
  /她擁有許多自動車產業相關的股票。

0342 サンダル 【sandal】

（名）涼鞋

- 靴（鞋子）；スリッパ（slipper・拖鞋）
- 例 涼しいので、靴ではなくてサンダルにします。
  /為了涼快，所以不穿鞋子改穿涼鞋。

0343 サンドイッチ 【sandwich】

（名）三明治

- 弁当（便當）
- 例 サンドイッチを作ってさしあげましょうか。
  /幫您做份三明治吧？

文法
てさしあげる [(為他人)做…]
▶ 表示自己或站在自己一方的人，為他人做前項有益的行為。

0344
□□□

ざんねん
【残念】

(名・形動) 遺憾，可惜，懊悔

文法

圓 恥ずかしい（羞恥的）

例 あなたが来ないので、みんな残念がっています。

/因為你沒來，大家都感到很遺憾。

がっている [覺得…]

▶ 表示某人説了什麼話
或做了什麼動作，而給
説話人留下這種想法，
有這種感覺，想這樣做
的印象。

し

0345
□□□
-16

し
【市】

(名) …市

圓 県（縣）

例 福岡市の花粉は隣の市まで広がっていった。

/福岡市的花粉擴散到鄰近的城市。

0346
□□□

じ
【字】

(名) 字，文字

圓 仮名（假名）；絵（繪畫）

例 田中さんは、字が上手です。 /田中小姐的字寫得很漂亮。

0347
□□□

しあい
【試合】

(名・自サ) 比賽

圓 競争（競爭）

例 試合はきっとおもしろいだろう。

/比賽一定很有趣吧！

0348
□□□

しおくり
【仕送り】

(名・自他サ) 匯寄生活費或學費

圓 送る（寄送）

例 東京にいる息子に毎月仕送りしています。

/我每個月都寄錢給在東京的兒子。

0349 しかた【仕方】
☐☐☐

名 方法，做法

類 方 (方法)

例 誰か、上手な洗濯の仕方を教えてください。
/有誰可以教我洗好衣服的方法？

0350 しかる【叱る】
☐☐☐

他五 責備，責罵

類 怒る (罵)　對 褒める (讚美)

例 子どもをああしかっては、かわいそうですよ。
/把小孩罵成那樣，就太可憐了。

文法
ああ [那樣]
▶ 指示說話人和聽話人以外的事物，或是雙方都理解的事物。

0351 しき【式】
☐☐☐

名・接尾 儀式，典禮；…典禮；方式；樣式；算式，公式

類 会 (…會)　結婚式 (結婚典禮)

例 入学式の会場はどこだい？/開學典禮的禮堂在哪裡？

0352 じきゅう【時給】
☐☐☐

名 時薪

類 給料 (薪水)

例 コンビニエンスストアでアルバイトすると、時給はいくらぐらいですか。
/如果在便利商店打工的話，時薪大概多少錢呢？

0353 しけん【試験】
☐☐☐

名・他サ 試驗；考試

類 受験 (考試)；テスト (test・考試)

例 試験があるので、勉強します。/因為有考試，我要唸書。

0354 じこ【事故】
☐☐☐

名 意外，事故

類 火事 (火災)

例 事故に遭ったが、全然けがをしなかった。
/遇到事故，卻毫髮無傷。

あ

0355 □□□ じしん 【地震】

名 地震

類 台風（颱風）

例 地震の時はエレベーターに乗るな。
／地震的時候不要搭電梯。

か

さ

0356 □□□ じだい 【時代】

名 時代；潮流；歴史

類 頃（時候）；時（時候）

例 新しい時代が来たということを感じます。
／感覺到新時代已經來臨了。

文法

という [⋯的⋯]
▶ 用於針對傳聞、評價、報導、事件等內容加以描述或說明。

た

な

0357 □□□ したぎ 【下着】

名 內衣，貼身衣物

類 パンツ（pants・褲子）；ズボン（jupon・褲子） 對 上着（上衣）

例 木綿の下着は洗いやすい。
／棉質內衣好清洗。

は

0358 □□□ したく 【支度】

名・自他サ 準備；打扮；準備用餐

類 用意、準備（準備）

例 旅行の支度をしなければなりません。
／我得準備旅行事宜。

文法

なければならない [必須⋯]
▶ 表示無論是自己或對方，從社會常識或事情的性質來看，不那樣做就不合理，有義務要那樣做。

ま

や

0359 □□□ しっかり 【確り】

副・自サ 紮實；堅固；可靠；穩固

類 丈夫（牢固）；元気（健壯）

例 ビジネスのやりかたを、しっかり勉強してきます。
／我要紮紮實實去做生意回來。

ら

わ

練習

0360 しっぱい【失敗】
名・自サ 失敗

対 負ける（輸） 類 勝つ（勝利）
例 方法がわからず、失敗しました。／不知道方法以致失敗。

0361 しつれい【失礼】
名・形動・自サ 失禮，沒禮貌；失陪

類 お礼（謝禮）
例 黙って帰るのは、失礼です。／連個招呼也沒打就回去，是很沒禮貌的。

0362 していせき【指定席】
名 劃位座，對號入座

類 席（座位） 対 自由席（自由座）
例 指定席ですから、急いで行かなくても大丈夫ですよ。
／我是對號座，所以不用趕著過去也無妨。

0363 じてん【辞典】
名 字典

類 辞書（辞典）
例 辞典をもらったので、英語を勉強しようと思う。
／有人送我字典，所以我想認真學英文。

文法
（よ）うとおもう［我想…］
▶ 表示説話人告訴聽話人，説話當時自己的想法、打算或意圖，且動作實現的可能性很高。

0364 しなもの【品物】
名 物品，東西；貨品

類 物（物品）
例 あのお店の品物は、とてもいい。
／那家店的貨品非常好。

文法
お…
▶ 後接名詞（跟對方有關的行為、狀態或所有物），表示尊敬、鄭重、親愛，另外，還有習慣用法等意思。

0365 しばらく【暫く】
副 暫時，一會兒；好久

類 ちょっと（一會兒）
例 しばらく会社を休むつもりです。／我打算暫時向公司請假。

| 0366 □□□ | **しま**
【島】 | ⓝ 島嶼 |

ⓢ 山（山）

ⓔ 島に行くためには、船に乗らなければなりません。
/要去小島，就得搭船。

文法

ためには[以…為目的・做…]

▶ 表示為了某一目的，而有後面積極努力的動作、行為，前項是後項的目標。

| 0367 □□□ | **しみん**
【市民】 | ⓝ 市民，公民 |

ⓢ 国民（國民）

ⓔ 市民の生活を守る。/捍衛市民的生活。

| 0368 □□□ | **じむしょ**
【事務所】 | ⓝ 辦公室 |

ⓢ 会社（公司）

ⓔ こちらが、会社の事務所でございます。
/這裡是公司的辦公室。

文法

でございます[是…]

▶ 前接名詞。為鄭重語。鄭重語用於和長輩或不熟的對象交談時，表示對聽話人表示尊敬。

| 0369 □□□ | **しゃかい**
【社会】 | ⓝ 社會，世間 |

ⓢ 世間（社會上） ⓐ 一人（一個人）

ⓔ 社会が厳しくても、私はがんばります。
/即使社會嚴峻，我也會努力的。

文法

ても[即使…也]

▶ 表示後項的成立，不受前項的約束，是一種假定逆接表現，後項常用各種意志表現的說法。

| 0370 □□□ | **しゃちょう**
【社長】 | ⓝ 社長 |

ⓢ 部長（部長）；上司（上司）

ⓔ 社長に、難しい仕事をさせられた。
/社長讓我做很難的工作。

文法

(さ)せられる[被迫…；不得已…]

▶ 被某人或某事物強迫做某動作，且不得不做。含有不情願，感到受害的心情。

0371 □□□
しゃないアナウンス
【車内 announce】
(名) 車廂內廣播

(類) 知らせる (通知)

(例)「この電車はまもなく上野です」と車内アナウンスが流れていた。
／車廂廣播告知：「電車即將抵達上野」。

0372 □□□
じゃま
【邪魔】
(名・形動・他サ) 妨礙，阻擾；拜訪

(類) 壁 (牆壁)

(例) ここにこう座っていたら、じゃまですか。
／像這樣坐在這裡，會妨礙到你嗎？

文法
こう [這樣]
▶ 指眼前的物或近處的事時用的詞。

0373 □□□
ジャム
【jam】
(名) 果醬

(類) バター (butter・奶油)

(例) あなたに、いちごのジャムを作ってあげる。
／我做草莓果醬給你。

0374 □□□
じゆう
【自由】
(名・形動) 自由，隨便

(類) 約束 (規定；約定)

(例) そうするかどうかは、あなたの自由です。
／要不要那樣做，隨你便！

文法
そう [那樣]
▶ 指示較靠近對方或較為遠處的事物時用的詞。

0375 □□□
しゅうかん
【習慣】
(名) 習慣

(類) 慣れる (習以為常)

(例) 一度ついた習慣は、変えにくいですね。
／一旦養成習慣，就很難改變呢。

文法
にくい [不容易…；難…]
▶ 表示該行為，動作不容易做，不容易發生，或不容易發生某種變化，亦或是性質上很不容易有那樣的傾向。

0376
☐☐☐

じゅうしょ
【住所】

⑧ 地址

🔵 アドレス（address・地址；網址）；ところ（地方；住處）

🔵 私の住所をあげますから、手紙をください。

／給你我的地址，請寫信給我。

0377
☐☐☐

じゆうせき
【自由席】

⑧ 自由座

🔵 指定席（對號座）

🔵 自由席ですから、席がないかもしれません。

／因為是自由座，所以說不定會沒有位子。

> **文法**
> かもしれない [也許…]
> ▶ 表示說話人說話當時的一種不確切的推測。推測某事物的正確性難低，但是有可能的。

0378
☐☐☐

⑰

しゅうでん
【終電】

⑧ 最後一班電車，末班車

🔵 始発（頭班車）

🔵 終電は 12 時にここを出ます。／末班車將於 12 點由本站開出。

0379
☐☐☐

じゅうどう
【柔道】

⑧ 柔道

🔵 武道（武術）；運動（運動）；ボクシング（boxing・拳擊）

🔵 柔道を習おうと思っている。

／我想學柔道。

> **文法**
> とおもう [覺得…；我想…]
> ▶ 表示說話者有這樣的想法、感受、意見。

0380
☐☐☐

じゅうぶん
【十分】

（副・形動）充分，足夠

🔵 足りる（足夠）；一杯（充分）　🔵 少し（一點）

🔵 昨日は、十分お休みになりましたか。

／昨晚有好好休息了嗎？

> **文法**
> お…になる
> ▶ 表示對對方或話題中提到的人物的尊敬，這是為了表示敬意而抬高對行為的表現方式。

0381 □□□

しゅじん
【主人】

（名）老公，（我）丈夫，先生；主人

📕夫（（我）丈夫）　📗妻（（我）妻子）
📝ご主人の病気は軽いですから心配しなくても大丈夫です。
／請不用擔心，您先生的病情並不嚴重。

0382 □□□

じゅしん
【受信】

（名・他サ）（郵件、電報等）接收；收聽

📕受ける（接到）　📗送信（發報）
📝メールが受信できません。／沒有辦法接收郵件。

0383 □□□

しゅっせき
【出席】

（名・自サ）出席

📕出る（出席）　📗欠席（缺席）
📝そのパーティーに出席することは難しい。
／要出席那個派對是很困難的。

0384 □□□

しゅっぱつ
【出発】

（名・自サ）出發；起步，開始

📕立つ（動身）；出かける（出門）　📗着く（到達）
📝なにがあっても、明日は出発します。
／無論如何，明天都要出發。

0385 □□□

しゅみ
【趣味】

（名）嗜好；趣味

📕興味（興趣）　📗仕事（工作）
📝君の趣味は何だい？／你的嗜好是什麼？

0386 □□□

じゅんび
【準備】

（名・他サ）準備

📕用意（準備），支度（準備）
📝早く明日の準備をしなさい。
／趕快準備明天的事！

| 0387 □□□ | しょうかい 【紹介】 | 名・他サ 介紹 |

類 説明 (説明)

例 鈴木さんをご紹介しましょう。
/我來介紹鈴木小姐給您認識。

文法
ご…する
▶ 對要表示尊敬的人，
透過降低自己或自己這
一邊的人的説法，以提
高對方地位，來向對方
表示尊敬。

| 0388 □□□ | しょうがつ 【正月】 | 名 正月，新年 |

類 新年 (新年)

例 もうすぐお正月ですね。／馬上就快新年了呢。

| 0389 □□□ | しょうがっこう 【小学校】 | 名 小學 |

類 高校 (高中)

例 来年から、小学校の先生になることが決まりました。
/明年起將成為小學老師。

| 0390 □□□ | しょうせつ 【小説】 | 名 小說 |

類 物語 (故事)

例 先生がお書きになった小説を読みたいです。
/我想看老師所寫的小說。

| 0391 □□□ | しょうたい 【招待】 | 名・他サ 邀請 |

類 ご馳走 (宴請)

例 みんなをうちに招待するつもりです。
/我打算邀請大家來家裡作客。

0392 □□□ しょうち 【承知】

(名・他サ) 知道，了解，同意；接受

⑩ 知る、分かる（知道）　⑱ 無理（不同意）

⑳ 彼がこんな条件で承知するはずがありません。
／他不可能接受這樣的條件。

文法

こんな [這樣的]

▶ 間接地在講人事物的狀態或程度，而這個事物是靠近說話人的，也可能是剛提及的話題或剛發生的事。

0393 □□□ しょうらい 【将来】

(名) 將來

⑩ これから（今後）　⑱ 昔（以前）

⑳ 将来は、立派な人におなりになるだろう。
／將來也會成為了不起的人吧！

0394 □□□ しょくじ 【食事】

(名・自サ) 用餐，吃飯；餐點

⑩ ご飯（餐點）；食べる（吃飯）

⑳ 食事をするために、レストランへ行った。
／為了吃飯，去了餐廳。

0395 □□□ しょくりょうひん 【食料品】

(名) 食品

⑩ 食べ物（食物）　⑱ 飲み物（飲料）

⑳ パーティーのための食料品を買わなければなりません。
／得去買派對用的食品。

0396 □□□ しょしんしゃ 【初心者】

(名) 初學者

⑩ 入門（初學）

⑳ このテキストは初心者用です。
／這本教科書適用於初學者。

0397 □□□	じょせい 【女性】	② 女性

⑳ 女（女性） ⑥ 男性（男性）

⑳ 私は、あんな女性と結婚したいです。
／我想和那樣的女性結婚。

文法
あんな［那樣的］
▶ 間接地說人或事物的狀態或程度。而這是指說話人和聽話人以外的事物，或是雙方都理解的事物。

0398 □□□	しらせる 【知らせる】	⑩下一 通知，讓對方知道

⑳ 伝える（傳達）、連絡（通知；聯繫）

⑳ このニュースを彼に知らせてはいけない。
／這個消息不可以讓他知道。

文法
てはいけない［不准…］
▶ 表示禁止，基於某種理由、規則，直接跟聽話人表示不能做前項事情。

0399 □□□	しらべる 【調べる】	⑩下一 查閱，調查；檢查；搜查

⑳ 引く（查〈字典〉）

⑳ 出かける前に電車の時間を調べておいた。
／出門前先查了電車的時刻表。

文法
ておく［先…，暫且…］
▶ 表示為將來做準備，也就是為了以後的某一目的，事先採取某種行為。

0400 □□□	しんきさくせい 【新規作成】	名・他サ 新作，從頭做起；（電腦檔案）開新檔案

⑳ 新しい（新的）

⑳ この場合は、新規作成しないといけません。
／在這種情況之下，必須要開新檔案。

0401 □□□	じんこう 【人口】	② 人口

⑳ 数（數量）、人（人）

⑳ 私の町は人口が多すぎます。
／我住的城市人口過多。

文法
すぎる［太…；過於…］
▶ 表示程度超過限度，超過一般水平，過份的狀態。

0402 ☐☐☐
しんごうむし
【信号無視】

⟨名⟩ 違反交通號誌，闖紅（黃）燈

⟨相⟩信号（紅綠燈）

⟨例⟩信号無視をして、警察につかまりました。

／因為違反交通號誌，被警察抓到了。

0403 ☐☐☐
じんじゃ
【神社】

⟨名⟩ 神社

⟨相⟩寺（寺廟）

⟨例⟩この神社は、祭りのときはにぎやからしい。

／這個神社每逢慶典好像都很熱鬧。

文法

らしい [好像…；似乎…]
► 表示從眼前可觀察的事物等狀況，來進行判斷。

0404 ☐☐☐
しんせつ
【親切】

⟨名・形動⟩ 親切，客氣

⟨相⟩やさしい（親切的）；暖かい（親切） ⟨反⟩冷たい（冷淡的）

⟨例⟩彼は親切で格好よくて、クラスでとても人気がある。

／他人親切又帥氣，在班上很受歡迎。

0405 ☐☐☐
しんぱい
【心配】

⟨名・自他サ⟩ 擔心，操心

⟨相⟩困る（苦惱）；怖い（害怕；擔心） ⟨反⟩安心（安心）

⟨例⟩息子が帰ってこないので、父親は心配しはじめた。

／由於兒子沒回來，父親開始擔心起來了。

文法

はじめる [開始…]
► 表示前接動詞的動作、作用的開始。

0406 ☐☐☐
しんぶんしゃ
【新聞社】

⟨名⟩ 報社

⟨相⟩テレビ局（television・電視台）

⟨例⟩右の建物は、新聞社でございます。

／右邊的建築物是報社。

0407
□□□

すいえい
【水泳】　　　　　　　(名・自サ) 游泳

類 泳ぐ（游泳）
例 テニスより、水泳の方が好きです。
／喜歡游泳勝過打網球。

0408
□□□
すいどう
【水道】　　　　　　　(名) 自來水管

類 水道代（水費）；電気（電力）
例 水道の水が飲めるかどうか知りません。
／不知道自來水管的水是否可以飲用。

0409
□□□
ずいぶん
【随分】　　　　　　　(副・形動) 相當地，超越一般程度；不像話

類 非常に（非常）；とても（相當）
例 彼は、「ずいぶん立派な家ですね。」と言った。
／他說：「真是相當豪華的房子呀」。

0410
□□□
すうがく
【数学】　　　　　　　(名) 數學

類 国語（國文）
例 友達に、数学の問題の答えを教えてやりました。
／我告訴朋友數學題目的答案了。

0411
□□□
スーツ
【suit】　　　　　　　(名) 套裝

類 背広（西裝）
例 スーツを着ると立派に見える。／穿上西裝看起來派頭十足。

0412
□□□
スーツケース
【suitcase】　　　　　　(名) 手提旅行箱

類 荷物（行李）
例 親切な男性に、スーツケースを持っていた
だきました。／有位親切的男士，幫我拿了旅行箱。

> **文法**
> ていただく［承蒙…］
> ▶ 表示接受人請求給予
> 人做某行為，且對那一
> 行為帶著感謝的心情。

右側索引：あ　か　さ　た　な　は　ま　や　ら　わ　練習

0413 □□□

スーパー
【supermarket 之略】

③ 超級市場

⑱ デパート（department store・百貨公司）

⑲ 向かって左にスーパーがあります。
／馬路對面的左手邊有一家超市。

0414 □□□

すぎる
【過ぎる】

自上一 超過；過於；經過
接尾 過於…

⑱ 通る（通過）；渡る（渡過）；あまり（過於）

⑲ 5時を過ぎたので、もう家に帰ります。
／已經超過五點了，我要回家了。

⑲ そんなにいっぱいくださったら、多すぎます。
／您給我那麼大的量，真的太多了。

文法

そんな［那樣的］
▶ 間接的在說人或事物的狀態或程度。而這個事物是靠近聽話人的或聽話人之前說過的。

0415 □□□

すく
【空く】

自五 飢餓；空間中的人或物的數量減少

⑱ 空く（出現空隙） ⑫ 一杯（滿）

⑲ おなかもすいたし、のどもかわきました。
／肚子也餓了，口也渴了。

0416 □□□

すくない
【少ない】

形 少

⑱ 少し（一點）；ちょっと（一點） ⑫ 多い（多的）；沢山（很多）

⑲ 本当に面白い映画は、少ないのだ。
／真的有趣的電影很少！

0417 □□□

すぐに
【直ぐに】

副 馬上

⑱ もうすぐ（馬上）

⑲ すぐに帰る。／馬上回來。

| 0418 □□□ | スクリーン【screen】 | 名 螢幕 |

類 黒板（黑板）

例 映画はフィルムにとった劇や景色などをスクリーンに映して見せるものです。
／電影是利用膠卷將戲劇或景色等捕捉起來，並在螢幕上放映。

| 0419 □□□ | すごい【凄い】 | 形 厲害，很棒；非常 |

類 うまい（高明的；好吃的）；上手（拿手）；素晴らしい（出色）

例 上手に英語が話せるようになったら、すごいなあ。
／如果英文能講得好，應該很棒吧！

文法
たら [要是…；…了的話]
▶ 表示假定條件，當實現前面的情況時，後面的情況就會實現，但前項會不會成立，實際上還不知道。

| 0420 □□□ | すすむ【進む】 | 自五 進展，前進；上升（級別等）；進步；（鐘）快；引起食慾；（程度）提高 |

類 戻る（返回）

例 敵が強すぎて、彼らは進むことも戻ることもできなかった。
／敵人太強了，讓他們陷入進退兩難的局面。

| 0421 □□□ | スタートボタン【start button】 | 名（微軟作業系統的）開機鈕 |

類 ボタン（button・按鍵；鈕釦）

例 スタートボタンを押してください。／請按下開機鈕。

| 0422 □□□ | すっかり | 副 完全，全部 |

類 全部（全部）

例 部屋はすっかり片付けてしまいました。
／房間全部整理好了。

文法
てしまう [… 完]
▶ 表示動作或狀態的完成。如果是動作繼續的動詞，就表示積極地實行並完成其動作。

ずっと～すむ

0423 ☐☐☐

ずっと 　　　　　　　　　　　圓 更；一直

🟠 とても（更）；いつも（經常）

🟢 ずっとほしかったギターをもらった。
／收到一直想要的吉他。

文法
もらう［接受…；從…那兒得到…］
▶ 表示接受別人給的東西。這是以說話者是接受人，且接受人是主語的形式，或站在接受人的角度來表現。

0424 ☐☐☐

ステーキ 　　　　　　　　　　圉 牛排
【steak】

🟠 牛肉（牛肉）

🟢 ステーキをナイフで食べやすい大きさに切りました。
／用刀把牛排切成適口的大小。

0425 ☐☐☐

すてる 　　　　　　　　　　他下一 丟掉，拋棄；放棄
【捨てる】

🟠 投げる（投擲）　🟢 拾う（撿拾）　置く（留下）

🟢 いらないものは、捨ててしまってください。
／不要的東西，請全部丟掉。

0426 ☐☐☐

ステレオ 　　　　　　　　　　圉 音響
【stereo】

🟠 ラジオ（radio・收音機）

🟢 彼にステレオをあげたら、とても喜んだ。
／送他音響，他就非常高興。

0427 ☐☐☐

ストーカー 　　　　　　　　　圉 跟蹤狂
【stalker】

🟠 おかしい（奇怪）；変（古怪）

🟢 ストーカーに遭ったことがありますか。
／你有被跟蹤狂騷擾的經驗嗎？

文法
たことがある［曾…］
▶ 表示經歷過某個特別的事件，且事件的發生離現在已有一段時間，或指過去的一般經驗。

0428 □□□	**すな**【砂】	图 沙

🗣 石 (石頭)

🔢 雪がさらさらして、砂のようだ。

/沙沙的雪，像沙子一般。

文法
ようだ［像…一樣的］
▶ 把事物的狀態、形狀、性質及動作狀態，比喻成一個不同的其他事物。

0429 □□□	**すばらしい**【素晴しい】	圈 出色，很好

🗣 凄い (了不起的)；立派 (出色)

🔢 すばらしい映画ですから、見てみてください。

/因為是很棒的電影，不妨去看。

0430 □□□	**すべる**【滑る】	自下一 滑 (倒)；滑動；(手) 滑；不及格，落榜；下跌

🗣 倒れる (跌倒)

🔢 この道は、雨の日はすべるらしい。

/這條路，下雨天好像很滑。

0431 □□□	**すみ**【隅】	图 角落

🗣 角 (角落)

🔢 部屋を隅から隅まで掃除してさしあげた。

/房間裡各個小角落都幫您打掃得一塵不染。

0432 □□□	**すむ**【済む】	自五 (事情) 完結，結束；過得去，沒問題；(問題) 解決，(事情) 了結

🗣 終わる (結束)　🔛 始まる (開始)

🔢 用事が済んだら、すぐに帰ってもいいよ。

/要是事情辦完的話，馬上回去也沒關係喔！

文法
てもいい［…也行；可以…］
▶ 表示許可或允許某一行為。如果說的是聽話人的行為，表示允許聽話人某一行為。

0433
□□□ **すり**　　　名 扒手

動 泥棒（小偷）

例 すりに財布を盗まれたようです。
／錢包好像被扒手扒走了。

文法
（ら）れる [被…]
▶ 為被動。表示某人直接承受到別人的動作。

0434
□□□ **すると**　　　接續 於是；這樣一來

動 だから（因此）

例 すると、あなたは明日学校に行かなければならないのですか。
／這樣一來，你明天就不得去學校了嗎？

せ

0435
□□□ **せい**
【製】　　　名・接尾 …製
19

動 生産（生產）

例 先生がくださった時計は、スイス製だった。
／老師送我的手錶，是瑞士製的。

文法
くださる [給…]
▶ 對上級或長輩給自己（或自己一方）東西的恭敬說法。這時候候予人的身份、地位、年齡要比受人高。

0436
□□□ **せいかつ**
【生活】　　　名・自サ 生活

動 生きる（生存）；食べる（吃）

例 どんなところでも生活できます。
／我不管在哪裡都可以生活。

文法
でも [不管（誰，什麼，哪兒）…都]
▶ 前接疑問詞，表示不論什麼場合、什麼條件，都要進行後項，或是都會產生後項的結果。

0437
□□□ **せいきゅうしょ**
【請求書】　　　名 帳單，繳費單

動 領収書（收據）

例 クレジットカードの請求書が届きました。
／收到了信用卡的繳費帳單。

讀書計劃：□□□／□□□／□□□

0438
□□□
せいさん
【生産】
(名・他サ) 生產

(類) 作る（製造） (反) 消費（消費）

(例) 製品１２３の生産をやめました。／製品123停止生產了。

0439
□□□
せいじ
【政治】
(名) 政治

(類) 経済（經濟）

(例) 政治の難しさについて話しました。／談及了關於政治的難處。

0440
□□□
せいよう
【西洋】
(名) 西洋

(類) ヨーロッパ（Europa・歐洲） (反) 東洋（亞洲；東洋）

(例) 彼は、西洋文化を研究しているらしいです。
／他好像在研究西洋文化。

> **文法**
> らしい[說是…；好像…]
> ▶ 指從外部來的，是說話人自己聽到的內容為根據，來進行推測。含有推測、責任不在自己的語氣。

0441
□□□
せかい
【世界】
(名) 世界；天地

(類) 地球（地球）

(例) 世界を知るために、たくさん旅行をした。
／為了認識世界・常去旅行。

0442
□□□
せき
【席】
(名) 座位；職位

(類) 椅子（位置；椅子）；場所（席位；地方）

(例) 「息子はどこにいる？」「後ろから２番目の席に座っているよ。」
／「兒子在哪裡？」「他坐在從後面數來倒數第二個座位上啊！」

0443
□□□
せつめい
【説明】
(名・他サ) 說明

(類) 紹介（介紹）

(例) 後で説明をするつもりです。／我打算稍後再說明。

0444 □□□

せなか
【背中】

(名) 背部

(類) 背 (身高)　(對) 腹 (肚子)

(例) 背中も痛いし、足も疲れました。／背也痛，腳也酸了。

0445 □□□

ぜひ
【是非】

(副) 務必；好與壞

(類) 必ず (一定)

(例) あなたの作品をぜひ読ませてください。
／請務必讓我拜讀您的作品。

> **文法**
> (さ)せてください[請允許…]
> ▶ 表示[我請對方允許我做前項]之意，是客氣地請求對方允許、承認的說法。

0446 □□□

せわ
【世話】

(名・他サ) 幫忙；照顧，照料

(類) 手伝い (幫忙)、心配 (關照)

(例) 子どもの世話をするために、仕事をやめた。
／為了照顧小孩，辭去了工作。

0447 □□□

せん
【線】

(名) 線；線路；界限

(類) 糸 (紗線)

(例) 先生は、間違っている言葉を線で消すように言いました。／老師說錯誤的字彙要劃線去掉。

> **文法**
> ように[請…；希望…]
> ▶ 表示祈求、願望、希望、勸告或輕微的命令等。

0448 □□□

ぜんき
【前期】

(名) 初期，前期，上半期

(類) 期間 (期間)　(對) 後期 (後半期)

(例) 前期の授業は今日で最後です。／今天是上半期課程的最後一天。

0449 □□□

ぜんぜん
【全然】

(副) (接否定) 完全不…，一點也不…；非常

(類) 何にも (什麼也…)

(例) ぜんぜん勉強したくないのです。
／我一點也不想唸書。

讀書計劃…□/□/□
□/□/□
□/□/□

| 0450 □□□ | せんそう 【戦争】 | 名・自サ 戦争；打仗 |

類 喧嘩 (吵架) 對 平和 (和平)

例 いつの時代でも、戦争はなくならない。
/不管是哪個時代，戰爭都不會消失的。

文法
でも [不管 (誰，什麼，哪兒)…都…]
▶ 前接疑問詞，表示不論什麼場合，什麼條件，都要進行後項，或是都會產生後項的結果。

| 0451 □□□ | せんぱい 【先輩】 | 名 學姐，學長；老前輩 |

類 上司 (上司) 對 後輩 (晚輩)

例 先輩から学校のことについていろいろなことを教えられた。
/前輩告訴我許多有關學校的事情。

| 0452 □□□ | せんもん 【専門】 | 名 專門，專業 |

類 職業 (職業)

例 上田先生のご専門は、日本の現代文学です。
/上田教授專攻日本現代文學。

そ

| 0453 □□□ 20 | そう | 感・副 那樣，這樣；是 |

類 こう (這樣)；ああ (那樣)

例 彼は、そう言いつづけていた。
/他不斷地那樣說著。

文法
つづける [連續…]
▶ 表示某動作或事情還沒有結束，還繼續，不斷地處於同樣狀態。

| 0454 □□□ | そうしん 【送信】 | 名・自サ 發送 (電子郵件)；(電) 發報，播送，發射 |

類 送る (傳送)

例 すぐに送信しますね。
/我馬上把郵件傳送出去喔。

0455 □□□
そうだん
【相談】
名・自他サ 商量

類 話（商談）

例 なんでも相談してください。
／不論什麼都可以找我商量。

文法
でも［無論］
▶ 前接疑問詞。表示全面
肯定或否定，也就是沒有
例外，全部都是。句尾大
都是可能或容許等表現。

0456 □□□
そうにゅう
【挿入】
名・他サ 插入，裝入

類 入れる（裝進）

例 二行目に、この一文を挿入してください。
／請在第二行，插入這段文字。

0457 □□□
そうべつかい
【送別会】
名 送別會

類 宴会（宴會） 對 歓迎会（歡迎宴會）

例 課長の送別会が開かれます。／舉辦課長的送別會。

0458 □□□
そだてる
【育てる】
他下一 撫育，培植；培養

類 子育て（育兒）；飼う（飼養）；養う（養育）

例 蘭は育てにくいです。／蘭花很難培植。

0459 □□□
そつぎょう
【卒業】
名・自サ 畢業

類 卒業式（畢業典禮） 對 入学（入學）

例 感動の卒業式も無事に終わりました。
／令人感動的畢業典禮也順利結束了。

0460 □□□
そつぎょうしき
【卒業式】
名 畢業典禮

類 卒業（畢業） 對 入学式（開學典禮）

例 卒業式で泣きましたか。
／你在畢業典禮上有哭嗎？

0461 □□□	そとがわ 【外側】	⑧ 外部，外面，外側

🔄 外（外面） 🔀 内側（內部）

例 だいたい大人が外側、子どもが内側を歩きます。

　/通常是大人走在外側，小孩走在內側。

0462 □□□	そふ 【祖父】	⑧ 祖父，外祖父

🔄 お祖父さん（祖父） 🔀 祖母（祖母）

例 祖父はずっとその会社で働いてきました。

　/祖父一直在那家公司工作到現在。

0463 □□□	ソフト 【soft】	⑧・形動 柔軟；溫柔；軟體

🔄 柔らかい（柔軟的） 🔀 固い（堅硬的）

例 あのゲームソフトは人気があるらしく、すぐに売切れてしまった。

　/那個遊戲軟體似乎廣受歡迎，沒多久就賣完了。

0464 □□□	そぼ 【祖母】	⑧ 祖母，外祖母，奶奶，外婆

🔄 お祖母さん（祖母） 🔀 祖父（祖父）

例 祖母は、いつもお菓子をくれる。

　/奶奶常給我糕點。

> **文法**
> くれる [給…]
> ► 表示他人給說話人（或說話一方）物品。

0465 □□□	それで	接続 後來，那麼

🔄 で（後來，那麼）

例 それで、いつまでに終わりますか。／那麼，什麼時候結束呢？

0466 □□□	それに	接続 而且，再者

🔄 また（再，還）

例 その映画は面白いし、それに歴史の勉強にもなる。

　/這電影不僅有趣，又能從中學到歷史。

行単字

0467
□□□

それはいけませんね 〔寒暄〕 那可不行

🈁 だめ（不可以）

🈂 それはいけませんね。薬を飲んでみたらどうですか。
/那可不行啊！是不是吃個藥比較好？

文法

てみる［試著（做）…］
▶ 表示著試著做前接的事項，是一種試探性的行為或動作，一般是肯定的說法。

0468
□□□

それほど
【それ程】 〔副〕 那麼地

🈁 あんまり（不怎樣）

🈂 映画が、それほど面白くなくてもかまいません。
/電影不怎麼有趣也沒關係。

文法

てもかまわない［即使…也沒關係］
▶ 表示讓步關係。雖然不是最好的，或不是最滿意的，但妥協一下，這樣也可以。

0469
□□□

そろそろ 〔副〕 快要；逐漸；緩慢

🈁 もうすぐ（馬上）；だんだん（逐漸）

🈂 そろそろ２時でございます。/快要兩點了。

0470
□□□

ぞんじあげる
【存じ上げる】 〔他下一〕 知道（自謙語）

🈁 知る（知道）；分かる（清楚）

🈂 お名前は存じ上げております。/久仰大名。

0471
□□□

そんな 〔連體〕 那樣的

🈁 そんなに（那麼）

🈂 「私の給料はあなたの半分ぐらいです。」「そんなことはないでしょう。」
/「我的薪水只有你的一半。」「沒那回事！」

読書計劃…□□□
　　　　　□□□
　　　　　□□□

Japanese-Language Proficiency Test
N4

170

0472 □□□ **そんなに** ■ 那麼，那樣

● そんな（那樣的）

● そんなにほしいなら、あげますよ。
　／那麼想要的話，就給你吧！

文法

なら[要是…的話]
► 表示接受了對方所說的事情、狀態、情況後，說話人提出了意見、勸告、意志、請求等。

0473 だい 【代】

☐☐☐ 21

名・接尾　世代；（年齡範圍）…多歲；費用

類 時代（時代）；世紀（世紀）

例 この服は、30代とか40代とかの人のために作られました。

/這件衣服是為三十及四十多歲的人做的。

文法
…とか…とか［及…或…］
▶ 表示從各種同類的人事物中選出幾個例子來說，或羅列一些事物，暗示還有其它，是口語的說法。
▶ 近 とか［…或…］

0474 たいいん 【退院】

☐☐☐

名・自サ　出院

對 入院（住院）

例 彼が退院するのはいつだい？

/他什麼時候出院的呢？

文法
だい［…呢］
▶ 表示向對方詢問的語氣，有時也含有責備或責問的口氣。男性用言，用在口語，說法較為老氣。

0475 ダイエット 【diet】

☐☐☐

名・自サ　（為治療或調節體重）規定飲食；減重療法；減重，減肥

類 痩せる（痩的）　對 太る（肥胖）

例 夏までに、3キロダイエットします。

/在夏天之前，我要減肥三公斤。

0476 だいがくせい 【大学生】

☐☐☐

名　大學生

類 学生（學生）

例 鈴木さんの息子さんは、大学生だと思う。

/我想鈴木先生的兒子，應該是大學生了。

0477 だいきらい 【大嫌い】

☐☐☐

形動　極不喜歡，最討厭

類 嫌い（討厭）　對 大好き（很喜歡）

例 好きなのに、大嫌いと言ってしまった。

/明明喜歡，卻偏說非常討厭。

文法
のに［明明…；卻…］
▶ 表示逆接，用於後項結果違反前項的期待，含有說話者驚訝、懷疑、不滿、惋惜等語氣。

| 0478 □□□ | だいじ【大事】 | (名・形動) 大事；保重，重要（「大事さ」為形容動詞的名詞形） |

圞 大切（重要；珍惜）

圀 健康の大事さを知りました。／領悟到健康的重要性。

| 0479 □□□ | だいたい【大体】 | (副) 大部分；大致，大概 |

圞 ほとんど（大部分；大約）

圀 練習して、この曲はだいたい弾けるようになった。
／練習以後，大致會彈這首曲子了。

文法
ようになる [(變得)…了]
▶ 表示是能力、狀態、行為的變化。大都含有花費時間，使成為習慣或能力。

| 0480 □□□ | タイプ【type】 | (名) 款式；類型；打字 |

圞 型（類型）

圀 私はこのタイプのパソコンにします。
／我要這種款式的電腦。

文法
にする [叫…]
▶ 常用於購物或點餐時，決定買某樣商品。

| 0481 □□□ | だいぶ【大分】 | (副) 相當地 |

圞 大抵（大概）

圀 だいぶ元気になりましたから、もう薬を飲まなくてもいいです。
／已經好很多了，所以不吃藥也沒關係的。

文法
なくてもいい [不…也行]
▶ 表示允許不必做某一行為，也就是沒有必要，或沒有義務做前面的動作。

| 0482 □□□ | たいふう【台風】 | (名) 颱風 |

圞 地震（地震）

圀 台風が来て、風が吹きはじめた。
／颱風來了，開始刮起風了。

0483 たおれる 【倒れる】

(自下一) 倒下；垮台；死亡

（類）寝る（倒下）；亡くなる（死亡）　（對）立つ（站立）

（例）倒れにくい建物を作りました。／蓋了一棟不容易倒塌的建築物。

0484 だから

(接続) 所以，因此

（類）ので（因此）

（例）明日はテストです。だから、今準備しているところです。
　　／明天考試。所以，現在正在準備。

文法
ているところだ［正在…］
▶ 表示正在進行某個動作，也就是動作、變化處於正在進行的階段。
▶ 近 ところだ［剛要…］

0485 たしか 【確か】

(形動・副) 確實，可靠；大概

（類）たぶん（大概）

（例）確か、彼もそんな話をしていました。／他大概也說了那樣的話。

0486 たす 【足す】

(他五) 補足，增加

（類）合計（總計）

（例）数字を足していくと、全部で100になる。
　　／數字加起來，總共是一百。

文法
ていく［…去；…下去］
▶ 表示動作或狀態，未來越遠地移動或變化，或動作的繼續、順序，多指從現在向將來。

0487 だす 【出す】

(接尾) 開始…

（對）…終わる（…完）

（例）うちに着くと、雨が降りだした。
　　／一到家，便開始下起雨來了。

文法
と［一…就］
▶ 表示前項一發生，就接著發生後項的事情，或是說話者因此有了新的發現。

0488 □□□	**たずねる** 【訪ねる】	（他下一）拜訪，訪問

動 探す（尋找）；訪れる；（拜訪）
例 最近は、先生を訪ねることが少なくなりました。
／最近比較少去拜訪老師。

0489 □□□	**たずねる** 【尋ねる】	（他下一）問，打聽；詢問

動 聞く（詢問）；質問する（提問）　反 答える（回答）
例 彼に尋ねたけれど、分からなかったのです。
／雖然去請教過他了，但他不知道。

文法
けれど(も)[雖然；可是]
▶ 逆接用法。表示前項和後項的意思或內容是相反的，對比的。

0490 □□□	**ただいま** 【唯今・只今】	副 現在；馬上，剛才；我回來了

動 現在（現在）、今（立刻）
例 その件はただいま検討中です。／那個案子我們正在研究。

0491 □□□	**ただしい** 【正しい】	形 正確；端正

動 本当（真的）　反 間違える（錯誤）
例 私の意見が正しいかどうか、教えてください。／請告訴我，我的意見是否正確。

0492 □□□	**たたみ** 【畳】	名 榻榻米

動 床（地板）
例 このうちは、畳の匂いがします。
／這屋子散發著榻榻米的味道。

文法
がする[有…味道]
▶ 表示說話人通過感官感受到的感覺或知覺。

0493 □□□	**たてる** 【立てる】	（他下一）立起，訂立；揚起；維持

動 立つ（站立）
例 自分で勉強の計画を立てることになっています。
／要我自己訂定讀書計畫。

文法
ことになっている[(被)決定…]
▶ 表示人們的行為會受法律、約定、紀律及生活慣例等約束。

0494
□□□

たてる
【建てる】

他下一　建造

類 直す (修理)　對 壊す (毀壞)

例 こんな家を建てたいと思います。／我想蓋這樣的房子。

0495
□□□

たとえば
【例えば】

副　例如

類 もし (假如)

例 例えば、こんなふうにしたらどうですか。
／例如像這樣擺可以嗎？

0496
□□□

たな
【棚】

名　架子，棚架

類 本棚 (書架)

例 棚を作って、本を置けるようにした。
／做了架子，以便放書。

文法
ようにする [以便…]
► 表示對某人或事物，施予某動作，使其起作用。

0497
□□□

たのしみ
【楽しみ】

名・形動　期待，快樂

類 遊び (消遣；遊戲)

例 みんなに会えるのを楽しみにしています。
／我很期待與大家見面。

文法
のを
► 前接短句，表示強調。
另能使其名詞化，成為句子的主語或目的語。

0498
□□□

たのしむ
【楽しむ】

他五　享受，欣賞，快樂；以…為消遣；期待，盼望

類 遊ぶ (消遣)；暇 (餘暇)　對 働く (工作)；勉強する (學習)

例 公園は桜を楽しむ人でいっぱいだ。
／公園裡到處都是賞櫻的人群。

0499
□□□

たべほうだい
【食べ放題】

名　吃到飽，盡量吃，隨意吃

類 飲み放題 (喝到飽)

例 食べ放題ですから、みなさん遠慮なくどうぞ。
／這家店是吃到飽，所以大家請不用客氣盡量吃。

| 0500 □□□ | た<u>まに</u>【偶に】 | 圖 偶爾 |

圖 時々（偶爾）　對 いつも（經常）；よく（經常）
例 たまに祖父の家に行かなければならない。
　／偶爾得去祖父家才行。

| 0501 □□□ | た<u>め</u> | 名（表目的）為了；（表原因）因為 |

類 から（為了）

例 あなたのために買ってきたのに、食べないの？
　／這是特地為你買的，你不吃嗎？

文法
てくる［…來］
▶ 表示在其他場所做了某事之後，又回到原來的場所。

| 0502 □□□ | だ<u>め</u>【駄目】 | 名 不行；沒用；無用 |

類 いや（不行）

例 そんなことをしたらだめです。／不可以做那樣的事。

| 0503 □□□ | た<u>りる</u>【足りる】 | 自上一 足夠；可湊合 |

類 十分（足夠）　對 欠ける（不足）
例 1万円あれば、足りるはずだ。
　／如果有一萬日圓，應該是夠的。

文法
ば［如果…的話；假如…］
▶ 表示條件。只要前項成立，後項也當然會成立。前項是焦點，敘述需要的是什麼，後項大多是被期待的事。

| 0504 □□□ | だ<u>んせい</u>【男性】 | 名 男性 |

類 男（男性）　對 女性（女性）
例 そこにいる男性が、私たちの先生です。
　／那裡的那位男性，是我們的老師。

0505 ☐☐☐
だんぼう
【暖房】
(名) 暖氣

(類) ストーブ (stove・暖爐)　(反) 冷房 (冷氣)
(例) 暖かいから、暖房をつけなくてもいいです。
　　／很溫暖的，所以不開暖氣也無所謂。

0506 ☐☐☐　**22**
ち
【血】
(名) 血；血緣

(類) 毛 (毛)；肉 (肌肉)
(例) 傷口から血が流れつづけている。　／血一直從傷口流出來。

0507 ☐☐☐
チェック
【check】
(名・他サ) 檢查

(類) 調べる (檢查)
(例) 正しいかどうかを、ひとつひとつ丁寧に
チェックしておきましょう。
　　／正確與否，請一個個先仔細檢查吧！

> **文法**
> ておく[先…；暫且…]
> ▶ 表示為將來做準備，也
> 就是為了以後的某一目的，
> 事先採取某種行為。

0508 ☐☐☐
ちいさな
【小さな】
(連體) 小，小的；年齡幼小

(反) 大きな (大的)
(例) あの人は、いつも小さなプレゼントをくださる。　／那個人常送我小禮物。

0509 ☐☐☐
ちかみち
【近道】
(名) 捷徑，近路

(類) 近い (近的)　(反) 回り道 (繞道)
(例) 八百屋の前を通ると、近道ですよ。
　　／一過了蔬菜店前面就是捷徑了。

> **文法**
> と[一…就]
> ▶ 表示陳述人和事物的一般
> 條件關係，常用在機械式的使
> 用方法、說明路線、自然的
> 現象及反覆的習慣等情況。

0510 ☐☐☐
ちから
【力】
(名) 力氣；能力

(類) 腕 (力氣；本事)
(例) この会社では、力を出しにくい。　／在這公司難以發揮實力。

0511 □□□	ち**か**ん 【痴漢】	名 色狼

類 すり（扒手；小偷）
例 電車でちかんを見ました。／我在電車上看到了色狼。

0512 □□□	ちっとも	副 一點也不…

類 少しも（一點也〈不〉…）
例 お菓子ばかり食べて、ちっとも野菜を食べない。／光吃甜點，青菜一點也不吃。

文法
ばかり[淨…；光…]
▶ 表示數量、次數非常多。

0513 □□□	ちゃん	接尾 （表親暱稱謂）小…

類 君（君）；さん（先生・小姐）；さま（先生・小姐）
例 まいちゃんは、何にする？
／小舞，你要什麼？

文法
にする[叫…]
▶ 常用於購物或點餐時，決定買某樣商品。

0514 □□□	ちゅ**う**い 【注意】	名・自サ 注意，小心

類 気をつける（小心）
例 車にご注意ください。／請注意車輛！

0515 □□□	ちゅ**う**がっこう 【中学校】	名 中學

類 高校（高中）
例 私は、中学校のときテニスの試合に出たことがあります。
／我在中學時曾參加過網球比賽。

0516 □□□	ちゅ**う**し 【中止】	名・他サ 中止

類 キャンセルする（cancel・取消） 對 続く（持續）
例 交渉中止。／停止交涉。

0517
☐☐☐
ちゅうしゃ
【注射】
（名・他サ）打針

動 病気（疾病）

例 お医者さんに、注射していただきました。 ／醫生幫我打了針。

0518
☐☐☐
ちゅうしゃいはん
【駐車違反】
（名）違規停車

動 交通違反（交通違規）

例 ここに駐車すると、駐車違反になりますよ。
／如果把車停在這裡，就會是違規停車喔。

0519
☐☐☐
ちゅうしゃじょう
【駐車場】
（名）停車場

動 パーキング（parking・停車場）

例 駐車場に行ったら、車がなかった。
／一到停車場，發現車子不見了。

文法
たら…た［一…；發現…］
▶ 表示說話者完成前項動作後，有了新發現，或是發生了後項的事情。

0520
☐☐☐
ちょう
【町】
（名・漢造）鎮

動 市（…市）

例 町長になる。／當鎮長。

0521
☐☐☐
ちり
【地理】
（名）地理

動 歴史（歴史）

例 私は、日本の地理とか歴史とかについてあまり知りません。
／我對日本地理歷史不甚了解。

つ

0522
☐☐☐
23
つうこうどめ
【通行止め】
（名）禁止通行，無路可走

動 一方通行（單行道）

例 この先は通行止めです。／此處前方禁止通行。

0523
□□□
つうちょうきにゅう
【通帳記入】

⊛ 補登録存摺

🈁 付ける（記上）

💬 ここに通帳を入れると、通帳記入できます。
／只要把存摺從這裡放進去，就可以補登錄存摺了。

0524
□□□
つかまえる
【捕まえる】

（他下一）逮捕，抓；握住

🈁 掴む（抓住） 🈪 逃げる（逃走）

💬 彼が泥棒ならば、捕まえなければならない。
／如果他是小偷，就非逮捕不可。

文法
ば［如果…就…］
▶ 敘述一般客觀事物的
條件關係。如果前項成
立，後項就一定會成立。

0525
□□□
つき
【月】

⊛ 月亮

🈁 星（星星） 🈪 日（太陽）

💬 今日は、月がきれいです。／今天的月亮很漂亮。

0526
□□□
つく
【点く】

（自五）點上，（火）點著

🈁 点ける（點燃） 🈪 消える（熄滅）

💬 あの家は、昼も電気がついたままだ。
／那戶人家，白天電燈也照樣點著。

文法
まま［…著］
▶ 表示附帶狀況，指一
個動作或作用的結果，
在這個狀態還持續時，
進行了後項的動作，或
發生後項的事態。

0527
□□□
つける
【付ける】

（他下一）裝上，附上；塗上

🈁 塗る（塗抹） 🈪 落とす（弄下）

💬 ハンドバッグに光る飾りを付けた。／在手提包上別上了閃閃發亮的綴飾。

0528
□□□
つける
【漬ける】

（他下一）浸泡；醃

🈁 塩づけする（醃）

💬 母は、果物を酒に漬けるように言った。／媽媽說要把水果醃在酒裡。

0529
☐☐☐

つ**ける**
【点ける】

(他下一) 打開（家電類）；點燃

(類) 燃やす（燃燒） (反) 消す（切斷）

(例) クーラーをつけるより、窓を開けるほうがいいでしょう。
/與其開冷氣，不如打開窗戶來得好吧！

0530
☐☐☐

つ**ごう**
【都合】

(名) 情況，方便度

(類) 場合（情況）

(例) 都合がいいときに、来ていただきたいです。
/時間方便的時候，希望能來一下。

0531
☐☐☐

つ**たえる**
【伝える】

(他下一) 傳達，轉告；傳導

(類) 説明する（說明）；話す（說明）

(例) 私が忙しいということを、彼に伝えてください。
/請轉告他我很忙。

0532
☐☐☐

つ**づく**
【続く】

(自五) 繼續；接連；跟著

(類) 続ける（繼續） (反) 止まる（中斷）

(例) 雨は来週も続くらしい。/雨好像會持續到下週。

0533
☐☐☐

つ**づける**
【続ける】

(他下一) 持續，繼續；接著

(類) 続く（繼續） (反) 止める（取消）

(例) 一度始めたら、最後まで続けろよ。
/既然開始了，就要堅持到底喔！

0534
☐☐☐

つ**つむ**
【包む】

(他五) 包住，包起來；隱藏，隱瞞

(類) 包装する（包裝）

(例) 必要なものを全部包んでおく。
/把要用的東西全包起來。

あ

か

さ

た

な

は

ま

や

ら

わ

練習

0535
□□□

つま
【妻】
名（對外稱自己的）妻子，太太

類 家内《（我）妻子》　對 夫《（我）先生》

例 私が会社をやめたいということを、妻は知りません。
/妻子不知道我想離職的事。

0536
□□□

つめ
【爪】
名 指甲

類 指（手指）

例 爪をきれいにするだけで、仕事も楽しくなります。
/指甲光只是修剪整潔，工作起來心情就感到愉快。

0537
□□□

つもり
名 打算；當作

類 考える（想）

例 父には、そう説明するつもりです。/打算跟父親那樣說明。

0538
□□□

つる
【釣る】
他五 釣魚；引誘

類 誘う（誘惑；邀請）

例 ここで魚を釣るな。/不要在這裡釣魚。

0539
□□□

つれる
【連れる】
他下一 帶領，帶著

類 案内（導遊）

例 子どもを幼稚園に連れて行ってもらいました。
/請他幫我帶小孩去幼稚園了。

文法
てもらう〔(我)請(某人)為我做…〕
▶ 表示請求別人做某行為，且對那一行為等著感謝的心情。

て

0540
□□□
24

ていねい
【丁寧】
名・形動 客氣；仔細；尊敬

類 細かい（仔細）

例 先生の説明は、彼の説明より丁寧です。/老師比他說明得更仔細。

0541 □□□ テキスト 【text】
名 教科書

類 教科書（課本）
例 読みにくいテキストですね。
／真是一本難以閱讀的教科書呢！

0542 □□□ てきとう 【適当】
名・自サ・形動 適當；適度；隨便

類 よろしい（適當；恰好）　反 真面目（認真）
例 適当にやっておくから、大丈夫。
／我會妥當處理的，沒關係！

0543 □□□ できる 【出来る】
自上一 完成；能夠；做出；發生；出色

類 上手（擅長）　反 下手（笨拙）
例 1 週間でできるはずだ。
／一星期應該就可以完成的。

文法
はずだ〔(按理說)應該…〕
▶ 表示說話人根據事實、理論或自己擁有的知識來推測出結果，是主觀色彩強，較有把握的推斷。

0544 □□□ できるだけ 【出来るだけ】
副 盡可能地

類 なるべく（盡可能）
例 できるだけお手伝いしたいです。／我想盡力幫忙。

0545 □□□ でございます
自・特殊形 是（「だ」、「です」、「である」的鄭重說法）

類 である（是〈だ，です的鄭重說法〉）
例 店員は、「こちらはたいへん高級なワインでございます。」と言いました。／店員說：「這是非常高級的葡萄酒」。

0546 □□□ てしまう
補動 強調某一狀態或動作完了；懊悔

類 残念（悔恨）
例 先生に会わずに帰ってしまったの？／沒見到老師就回來了嗎？

| 0547 □□□ | デスクトップ【desktop】 | ⑧ 桌上型電腦 |

> ⑬ パソコン (Personal Computer・個人電腦)
> ⑳ 会社ではデスクトップを使っています。
> /在公司的話，我是使用桌上型電腦。

| 0548 □□□ | て<u>つだ</u>い【手伝い】 | ⑧ 幫助；幫手；幫傭 |

> ⑬ ヘルパー (helper・幫傭)
> ⑳ 彼に引越しの手伝いを頼んだ。 /搬家時我請他幫忙。

| 0549 □□□ | て<u>つだ</u>う【手伝う】 | （自他五）幫忙 |

> ⑬ 助ける (幫助)
> ⑳ いつでも、手伝ってあげます。
> /我無論何時都樂於幫你的忙。

> 文法
> でも [無論]
> ▶ 前接疑問詞。表示全面肯定或否定，也就是沒有例外、全部都是。句尾大都是可能或容許等表現。

| 0550 □□□ | テニス【tennis】 | ⑧ 網球 |

> ⑬ 野球 (棒球)
> ⑳ テニスはやらないが、テニスの試合をよく見ます。
> /我雖然不打網球，但經常看網球比賽。

| 0551 □□□ | テニスコート【tennis court】 | ⑧ 網球場 |

> ⑬ テニス (tennis・網球)
> ⑳ みんな、テニスコートまで走れ。 /大家一起跑到網球場吧！

| 0552 □□□ | て<u>ぶ</u>くろ【手袋】 | ⑧ 手套 |

> ⑬ ポケット (pocket・口袋)
> ⑳ 彼女は、新しい手袋を買ったそうだ。
> /聽說她買了新手套。

> 文法
> そうだ [聽說…]
> ▶ 表示傳聞。不是自己直接獲得，而是從別人那裡，報章雜誌等處得到該信息。

0553 □□□
てまえ
【手前】

名·代 眼前；靠近自己這一邊；(當著…的) 面前；我 (自謙)；你 (同輩或以下)

対 前 (前面)；僕 (我)

例 手前にある箸を取る。／拿起自己面前的筷子。

0554 □□□
てもと
【手元】

名 身邊，手頭；膝下；生活，生計

対 元 (身邊；本錢)

例 今、手元に現金がない。／現在我手邊沒有現金。

0555 □□□
てら
【寺】

名 寺廟

対 神社 (神社)

例 京都は、寺がたくさんあります。
／京都有很多的寺廟。

0556 □□□
てん
【点】

名 點；方面；(得) 分

対 数 (數目)

例 その点について、説明してあげよう。
／關於那一點，我來為你說明吧！

文法
(よ)う […吧]

▶ 表示說話者的個人意志行為，準備做某件事情，或是用來提議、邀請別人一起做某件事情。

0557 □□□
てんいん
【店員】

名 店員

対 社員 (職員)

例 店員が親切に試着室に案内してくれた。
／店員親切地帶我到試衣間。

0558 □□□
てんきよほう
【天気予報】

名 天氣預報

対 ニュース (news・新聞)

例 天気予報ではああ言っているが、信用できない。
／雖然天氣預報那樣說，但不能相信。

0559
□□□
てんそう
【転送】
(名・他サ) 轉送，轉寄，轉遞

卿 送る（傳送）

例 部長にメールを転送しました。／把電子郵件寄給部長了。

0560
□□□
でんとう
【電灯】
(名) 電燈

卿 電気（電燈；電力）

例 明るいから、電灯をつけなくてもかまわない。
／天還很亮，不開電燈也沒關係。

文法
てもかまわない[即使…
也沒關係]
▶ 表示讓步關係。雖然不
是最好的，或不是最滿意
的，但妥協一下，這樣也
可以。

0561
□□□
てんぷ
【添付】
(名・他サ) 添上，附上；（電子郵件）附加檔案
（或唸：てんぷ）

卿 付く（添上）

例 写真を添付します。／我附上照片。

0562
□□□
てんぷら
【天ぷら】
(名) 天婦羅

卿 刺身（生魚片）

例 私が野菜を炒めている間に、彼はてんぷら
と味噌汁まで作ってしまった。
／我炒菜時，他除了炸天婦羅，還煮了味噌湯。

文法
が
▶ 接在名詞的後面，表
示後面的動作或狀態的
主體。

0563
□□□
でんぽう
【電報】
(名) 電報

卿 電話（電話）

例 私が結婚したとき、彼はお祝いの電報をく
れた。
／我結婚的時候，他打了電報祝福我。

文法
お…[貴…]
▶ 後接名詞（跟對方有關
的行為、狀態或所有物），
表示尊敬、鄭重、親愛，
另外，還有習慣用法等意
思。

0564
☐☐☐
てんらんかい
【展覧会】
　㊂ 展覽會

㊣ 発表会 (發表會)

㊁ 展覧会とか音楽会とかに、よく行きます。
／展覽會啦、音樂會啦，我都常去參加。

文法
…とか…とか[…啦…啦；…或…]
▶ 表示從各種同類的人事物中選出幾個例子來說，或羅列一些事物，暗示還有其它，是口語的説法。

0565
☐☐☐

どうぐ
【道具】
　㊂ 工具；手段

㊣ 絵の具 (顏料)；ノート (note・筆記)；鉛筆 (鉛筆)

㊁ 道具をそろえて、いつでも使えるようにした。
／收集了道具，以便無論何時都可以使用。

文法
でも [無論…都…]
▶ 前接疑問詞。表示全面肯定或否定，也就是沒有例外、全部都是。句尾大都是可能或容許等表現。

0566
☐☐☐
とうとう
【到頭】
　㊄ 終於

㊣ やっと (終於)

㊁ とうとう、国に帰ることになりました。
／終於決定要回國了。

文法
ことになる [決定…]
▶ 表示決定。宣布自己決定的事。

0567
☐☐☐
どうぶつえん
【動物園】
　㊂ 動物園

㊣ 植物園 (植物園)

㊁ 動物園の動物に食べ物をやってはいけません。
／不可以餵動物園裡的動物吃東西。

文法
やる [給予…]
▶ 授受物品的表達方式。表示給予同輩以下的人，或小孩、動植物有利益的事物。

0568
☐☐☐
とうろく
【登録】
　㊂・㊟ 登記；(法) 登記，註冊；記錄

㊣ 記録 (記錄)

㊁ 伊藤さんのメールアドレスをアドレス帳に登録してください。
／請將伊藤先生的電子郵件地址儲存到地址簿裡。

0569
□□□

とおく
【遠く】

③ 遠處；很遠

同 遠い（遙遠） 反 近く（很近）

例 あまり遠くまで行ってはいけません。
／不可以走到太遠的地方。

文法
てはいけない [不准…]
▶ 表示禁止，基於某種理由、規則，直接跟聽話人表示不能做前項事情。

0570
□□□

とおり
【通り】

③ 道路，街道

同 道（道路）

例 どの通りも、車でいっぱいだ。／不管哪條路，車都很多。

0571
□□□

とおる
【通る】

自五 經過；通過；穿透；合格；知名；了解；進來

同 過ぎる（經過）；渡る（渡過） 反 落ちる（沒考中）

例 私は、あなたの家の前を通ることがあります。
／我有時會經過你家前面。

文法
ことがある [有時…]
▶ 表示有時或偶爾發生某事。

0572
□□□

とき
【時】

③ …時，時候

同 場合（時候）；時間（時間） 反 ところ（地方）

例 そんな時は、この薬を飲んでください。
／那時請吃這服藥。

文法
そんな [那樣的]
▶ 間接的在說人或事物的狀態或程度。而這個事物是靠近聽話人的或聽話人之前說過的。

0573
□□□

とくに
【特に】

③ 特地，特別

同 特別（特別）

例 特に、手伝ってくれなくてもかまわない。
／不用特地來幫忙也沒關係。

文法
なくてもかまわない
[不…也行]
▶ 表示沒有必要做前面的動作，不做也沒關係。

0574
□□□
と**くばいひん**
【特売品】

（名）特賣商品，特價商品

（類）品物（物品）

（例）お店の入り口近くにおいてある商品は、だいたい特売品ですよ。
／放置在店門口附近的商品，大概都會是特價商品。

0575
□□□
と**くべつ**
【特別】

（名・形動）特別，特殊

（類）特に（特別）

（例）彼には、特別な練習をやらせています。
／讓他進行特殊的練習。

0576
□□□
と**こや**
【床屋】

（名）理髮店；理髮室

（類）美容院（美容院）

（例）床屋で髪を切ってもらいました。
／在理髮店剪了頭髮。

0577
□□□
と**し**
【年】

（名）年齡；一年

（類）歳（歳）

（例）おじいさんは年をとっても、少年のような目をしていた。
／爺爺即使上了年紀，眼神依然如少年一般純真。

文法

ても［即使…也］
▶ 表示後項的成立，不受前項的約束；是一種假定逆接表現，後項常用各種意志表現的說法。

0578
□□□
と**ちゅう**
【途中】

（名）半路上，中途；半途

（類）中途（半途）

（例）途中で事故があったために、遅くなりました。
／因路上發生事故，所以遲到了。

文法

ために（に）［因為…所以…］
▶ 表示由於前項的原因，引起後項的結果。

0579
□□□

と|っきゅう
【特急】

㊂ 特急列車；火速

㊐ エクスプレス (express・急行列車)；急行 (快車)

㊐ 特急で行こうと思う。
/我想搭特急列車前往。

> **文法**
> (よ)うとおもう [我想…]
> ▶ 表示說話人告訴聽話人，說話當時自己的想法，打算或意圖，且動作實現的可能性很高。

0580
□□□

どっち
【何方】

㊇ 哪一個

㊐ こっち (這邊；我們)；あっち (那邊；他們)

㊐ 無事に産まれてくれれば、男でも女でもどっちでもいいです。
/只要能平平安安下來，不管是男是女我都喜歡。

> **文法**
> ば [如果…的話；假如…]
> ▶ 表示條件。只要前項成立，後項也當然會成立。前項是焦點，敘述需要的是什麼，後項大多是被期待的事。

0581
□□□

とどける
【届ける】

㊀下一 送達；送交；申報，報告

㊐ 運ぶ (運送)；送る (傳送)

㊐ 忘れ物を届けてくださって、ありがとう。
/謝謝您幫我把遺失物送回來。

> **文法**
> てくださる [(為我)做…]
> ▶ 表示他人為我，或為我方的人做前項有益的事，用在帶著感謝的心情，接受別人的行為時。

0582
□□□

とまる
【止まる】

㊁五 停止；止住；堵塞

㊐ 止める (停止) ㊐ 動く (轉動)；続く (持續)

㊐ 今、ちょうど機械が止まったところだ。
/現在機器剛停了下來。

> **文法**
> たところだ [剛…]
> ▶ 表示剛開始做動作沒多久，也就是在 […之後不久] 的階段。

0583
□□□

とまる
【泊まる】

㊁五 住宿，過夜；(船) 停泊

㊐ 住む (居住)

㊐ お金持ちじゃないんだから、いいホテルに泊まるのはやめなきゃ。
/既然不是有錢人，就得打消住在高級旅館的主意才行。

> **文法**
> じゃ
> ▶ [じゃ] 是 [では] 的縮略形式，一般用在口語上。多用在跟自己比較親密的人，輕鬆交談的時候。

0584 ☐☐☐

と**める**
【止める】

(他下一) 關掉，停止；戒掉

(類) 止まる（停止）　(反) 歩く（步行）；続ける（持續進行）

(例) その動きつづけている機械を止めてください。

／請關掉那台不停轉動的機械。

文法

つづける［連續…］
► 表示某動作或事情還沒有結束，還繼續，不斷地處於同樣狀態。

0585 ☐☐☐

と**りかえる**
【取り替える】

(他下一) 交換；更換

(類) かわりに（代替）

(例) 新しい商品と取り替えられます。

／可以更換新產品。

文法

(ら)れる［可以…；能…］
► 從周圍的客觀環境條件來看，有可能做某事。

0586 ☐☐☐

ど**ろぼう**
【泥棒】

(名) 偷竊；小偷，竊賊

(類) すり（小偷；扒手）

(例) 泥棒を怖がって、鍵をたくさんつけた。

／因害怕遭小偷，所以上了許多道鎖。

0587 ☐☐☐

どんどん

(副) 連續不斷，接二連三；（炮鼓等連續不斷的聲音）咚咚；（進展）順利；（氣勢）旺盛

(類) だんだん（逐漸）

(例) 水がどんどん流れる。

／水嘩啦嘩啦不斷地流。

0588 □□□ 26	**ナイロン** 【nylon】	② 尼龍

類 めん（棉）

例 ナイロンの丈夫さが、女性のファッションを変えた。

/尼龍的耐用性，改變了女性的時尚。

> **文法**
> さ
> ▶ 接在形容詞、形容動詞的詞幹後面等構成名詞，表示程度或狀態。

0589 □□□	**なおす** 【直す】	他五 修理；改正；整理；更改

類 直る（修理好；改正） **對** 壊す（毀壊）

例 自転車を直してやるから、持ってきなさい。

/我幫你修理腳踏車，去把它牽過來。

> **文法**
> てやる
> ▶ 表示以施恩或給予利益的心情，為下級或晚輩（或動、植物）做有益的事。

0590 □□□	**なおる** 【治る】	自五 治癒，痊癒

類 元気になる（恢復健康） **對** 怪我（受傷）；病気（生病）

例 風邪が治ったのに、今度はけがをしました。

/感冒才治好，這次卻換受傷了。

> **文法**
> のに［明明…；卻…］
> ▶ 表示逆接，用於後項結果違反前項的預料，含有說話者驚訝、懷疑、不滿、惋惜等語氣。

0591 □□□	**なおる** 【直る】	自五 改正；修理；回復；變更

類 修理する（修理）

例 この車は、土曜日までに直りますか。

/這輛車星期六以前能修好嗎？

> **文法**
> までに［在…之前］
> ▶ 接在表示時間的名詞後面，表示動作或事情的截止日期或期限。

0592 □□□	**なかなか** 【中々】	副・形動 超出想像；頗，非常；（不）容易；（後接否定）總是無法

類 とても（非常）

例 なかなかさしあげる機会がありません。

/始終沒有送他的機會。

> **文法**
> さしあげる［給予…］
> ▶ 授受物品的表達方式。表示下面的人給上面的人物品。是一種謙虛的說法。

ながら～なる

0593 □□□	**ながら**	接助 一邊…，同時…

類 つつ（一面…一面…）
例 子どもが、泣きながら走って<u>きた</u>。
／小孩哭著跑過來。

文法
てくる […来]
▶ 由遠而近，向說話人的位置、時間點靠近。

0594 □□□	**なく【泣く】**	自五 哭泣

類 呼ぶ（喊叫）；鳴く（鳴叫） 對 笑う（笑）
例 彼女は、「とても悲しいです。」と言って泣いた。
／她說：「真是難過啊」，便哭了起來。

0595 □□□	**なくす【無くす】**	他五 弄丟，搞丟

類 無くなる（消失）；落とす（遺失）
例 財布をなくしたので、本が買えません。
／錢包弄丟了，所以無法買書。

0596 □□□	**なくなる【亡くなる】**	他五 去世，死亡

類 死ぬ（死亡） 對 生きる（生存）
例 おじいちゃんがなくなって、みんな悲しんでいる。
／爺爺過世了，大家都很哀傷。

0597 □□□	**なくなる【無くなる】**	自五 不見，遺失；用光了

類 消える（消失）
例 きのうもらった本が、なくなって<u>しまった</u>。
／昨天拿到的書不見了。

文法
てしまう […了]
▶ 表示出現了說話人不願意看到的結果，含有遺憾、懊惱、後悔等語氣，這時候一般接的是無意志的動詞。

0598
□□□

なげる
【投げる】

自下一) 丟，拋；摔；提供；投射；放棄

類 捨てる (丟掉) 對 拾う (撿拾)

例 そのボールを投げてもらえますか。
／可以請你把那個球丟過來嗎？

文法
てもらう [(我) 請 (某人為我做…)]
▶ 表示請求別人做某行為，且對那一行為帶著感謝的心情。

0599
□□□

なさる

他五) 做 (「する」的尊敬語)

類 する (做)

例 どうして、あんなことをなさったのですか。
／您為什麼會做那種事呢？

文法
あんな [那樣的]
▶ 間接地說人或事物的狀態或程度。而這是指說話人和聽話人以外的事物，或是雙方都理解的事物。

0600
□□□

なぜ
【何故】

副) 為什麼

類 どうして (為什麼)

例 なぜ留学することにしたのですか。
／為什麼決定去留學呢？

文法
ことにした [決定…]
▶ 表示決定已經形成，大都用在跟對方報告自己決定的事。

0601
□□□

なまごみ
【生ごみ】

名) 廚餘，有機垃圾

類 ごみ (垃圾)

例 生ごみは一般のごみと分けて捨てます。
／廚餘要跟一般垃圾分開來丟棄。

0602
□□□

なる
【鳴る】

自五) 響，叫

類 呼ぶ (喊叫)

例 ベルが鳴りはじめたら、書くのをやめてください。
／鈴聲一響起，就請停筆。

文法
たら [一到…就…]
▶ 表示確定條件，知道前項一定會成立，以其為契機做後項。

0603 なるべく　　　　副 盡量，盡可能

- 類 出来るだけ（盡可能）
- 例 なるべく明日までにやってください。
　　/請盡量在明天以前完成。

文法 までに [在…之前]
▶ 接在表示時間的名詞後面，表示動作或事情的截止日期或期限。

0604 なるほど　　　　感・副 的確，果然；原來如此

- 類 確かに（的確）
- 例 なるほど、この料理は塩を入れなくてもいいんですね。
　　/原來如此，這道菜不加鹽也行呢！

文法 なくてもいい [不…也行]
▶ 表示允許不必做某一行為，也就是沒有必要，或沒有義務做前面的動作。

0605 なれる【慣れる】　　　　自下一 習慣；熟悉

- 類 習慣（個人習慣）
- 例 毎朝5時に起きるということに、もう慣れました。/已經習慣每天早上五點起床了。

文法 という [叫…的…]
▶ 用於傳聞、評價、報導、事件等內容加以描述或說明。

0606 におい【匂い】　　　　名 味道；風貌

- 類 味（味道）
- 例 この花は、その花ほどいい匂いではない。
　　/這朵花不像那朵花味道那麼香。

文法 ほど…ない [不像…那麼…]
▶ 表示兩者比較之下，前者沒有達到後者那種程度。是以後者為基準，進行比較的。

0607 にがい【苦い】　　　　形 苦；痛苦

- 類 まずい（難吃的）
- 對 甘い（好吃的；喜歡的）
- 例 食べてみましたが、ちょっと苦かったです。
　　/試吃了一下，覺得有點苦。

文法 てみる [試著（做）…]
▶ 表示嘗試著做前接的事項，是一種試探性的行為或動作，一般是肯定的說法。

| 0608
□□□ | にかいだて
【二階建て】 | ❷ 二層建築 |

⑱ 建物（建築物）

⑳「あの建物は何階建てですか？」「二階建てです。」
／「那棟建築物是幾層樓的呢？」「二層樓的。」

| 0609
□□□ | にくい
【難い】 | ❸ 難以，不容易 |

⑱ 難しい（困難）　⑯ …やすい（容易…）

⑳ 食べ難ければ、スプーンを使ってください。
／如果不方便吃，請用湯匙。

文法
ければ［如果…的話；假如…］
▶ 敘述一般客觀事物的條件關係。

| 0610
□□□ | にげる
【逃げる】 | ❹ 逃走，逃跑；逃避；領先（運動競賽） |

⑱ 消す（消失）；無くなる（消失）　⑯ 捕まえる（捕捉）

⑳ 警官が来たぞ。逃げろ。
／警察來了，快逃！

文法
命令形
▶ 表示命令。一般用在命令對方的時候，由於給人有粗魯的感覺，所以大都是直接面對當事人說。

| 0611
□□□ | について | ❺ 關於 |

⑱ に関して（關於）

⑳ みんなは、あなたが旅行について話すこと
を期待しています。
／大家很期待聽你說有關旅行的事。

文法
について(は)［有關…］
▶ 表示前項先提出一個話題，後項就針對這個話題進行說明。
▶ 近 についての［有關…］

| 0612
□□□ | にっき
【日記】 | ❷ 日記 |

⑱ 手帳（雜記本）

⑳ 日記は、もう書きおわった。
／日記已經寫好了。

0613
□□□
にゅういん
【入院】

名・自サ 住院

対 退院（出院）

例 入院するときは手伝ってあげよう。
／住院時我來幫你吧。

文法
てあげる[（為他人）做…]
▶ 表示自己或站在一方的人，為他人做前項利益的行為。

0614
□□□
にゅうがく
【入学】

名・自サ 入學

対 卒業（畢業）

例 入学するとき、何をくれますか。
／入學的時候，你要送我什麼？

文法
くれる[給…]
▶ 表示他人給說話人（或說話一方）物品。這時候接受者人跟給予人大多是地位、年齡相當的同輩。

0615
□□□
にゅうもんこうざ
【入門講座】

名 入門課程，初級課程

類 授業（上課）

例 ラジオのスペイン語入門講座を聞いています。
／我平常會收聽廣播上的西班牙語入門課程。

0616
□□□
にゅうりょく
【入力】

名・他サ 輸入；輸入數據

類 書く（書寫）

例 ひらがなで入力することができますか。
／請問可以用平假名輸入嗎？

文法
ことができる[可以…]
▶ 表示在外部的狀況、規定等客觀條件允許時可能做。

0617
□□□
によると
【に拠ると】

連語 根據，依據

類 判断（判斷）

例 天気予報によると、7時ごろから雪が降りだすそうです。
／根據氣象報告說，七點左右將開始下雪。

文法
だす[…起來；開始…]
▶ 表示某動作、狀態的開始。

讀書計劃：
□□□
□□□
□□□
□□□

Japanese-Language Proficiency Test
198

0618
☐☐☐

にる
【似る】

(自上一) 相像，類似

(類) 同じ (一樣) (對) 違う (不同)

(例) 私は、妹ほど母に似ていない。／我不像妹妹那麼像媽媽。

0619
☐☐☐

にんぎょう
【人形】

(名) 娃娃，人偶

(類) 玩具 (玩具)

(例) 人形の髪が伸びるはずがない。
／娃娃的頭髮不可能變長。

> **文法**
> はずがない[不可能…；
> 沒有…的道理]
> ► 表示說話人根據事實，
> 理論或自己擁有的知識，
> 來推論某一事物不可能
> 實現。

ぬ

0620
☐☐☐

ぬすむ
【盗む】

(他五) 偷盜，盜竊

(類) 取る (奪取)

(例) お金を盗まれました。／我的錢被偷了。

0621
☐☐☐

ぬる
【塗る】

(他五) 塗抹，塗上

(類) 付ける (塗上) (對) 消す (抹去)

(例) 赤とか青とか、いろいろな色を塗りました。
／紅的啦、藍的啦，塗上了各種顏色。

0622
☐☐☐

ぬれる
【濡れる】

(自下一) 淋濕

(對) 乾く (乾)

(例) 雨のために、濡れてしまいました。
／因為下雨而被雨淋濕了。

0623
□□□
ねだん
【値段】
（名） 價錢

⊕ 料金（費用）
⊗ こちらは値段が高いので、そちらにします。
／這個價錢較高。我決定買那個。

0624
□□□
ねつ
【熱】
（名） 高溫；熱；發燒

⊕ 病気（生病）、風邪（感冒）；火（火；火焰）
⊗ 熱がある時は、休んだほうがいい。
／發燒時最好休息一下。

0625
□□□
ねっしん
【熱心】
（名・形動） 專注，熱衷；熱心，熱衷；熱情

⊕ 一生懸命（認真）　⊗ 冷たい（冷淡的）
⊗ 毎日 10 時になると、熱心に勉強しはじめる。
／每天一到十點，便開始專心唸書。

0626
□□□
ねぼう
【寝坊】
（名・形動・自サ） 睡懶覺，貪睡晚起的人

⊕ 朝寝坊（好睡懶覺的人）　⊗ 早起き（早早起床〈的人〉）
⊗ 寝坊して会社に遅れた。／睡過頭，上班遲到。

0627
□□□
ねむい
【眠い】
（形） 睏

⊕ 眠たい（昏昏欲睡）
⊗ お酒を飲んだら、眠くなってきた。／喝了酒，便開始想睡覺了。

0628
□□□
ねむたい
【眠たい】
（形） 昏昏欲睡，睏倦

⊕ 眠い（想睡覺）
⊗ 眠たくてあくびが出る。／想睡覺而打哈欠。

| 0629 □□□ | **ねむる** 【眠る】 | 自五 睡覺 |

類 寝る（睡覺）；休む（就寢）　對 起きる（起床）

例 薬を使って、眠らせた。
／用藥讓他入睡。

文法
（さ）せる［讓…；叫…］
▶ 表示使役。
▶ 近（さ）せておく［讓…］

の

| 0630 □□□ | **ノートパソコン** 【notebook personal computer 之略】 | 名 筆記型電腦 |

類 パソコン（Personal Computer・個人電腦）

例 小さいノートパソコンを買いたいです。
／我想要買小的筆記型電腦。

| 0631 □□□ | **のこる** 【残る】 | 自五 剩餘，剩下；遺留 |

類 残す（剩下）　對 捨てる（留下）

例 みんなあまり食べなかったために、食べ物が残った。
／因為大家都不怎麼吃，所以食物剩了下來。

| 0632 □□□ | **のど** 【喉】 | 名 喉嚨 |

類 首（脖子）；体（身體）

例 風邪を引くと、喉が痛くなります。
／一感冒，喉嚨就會痛。

文法
と［一…就］
▶ 表示前項一發生，後項接著反覆或習慣性地發生。

| 0633 □□□ | **のみほうだい** 【飲み放題】 | 名 喝到飽，無限暢飲 |

類 食べ放題（吃到飽）

例 一人 2,000 円で飲み放題になります。
／一個人兩千日幣就可以無限暢飲。

0634
□□□

のりかえる
【乗り換える】

(他下一・自下一) 轉乘，換車；改變

類 換える（變換）

例 新宿で J R にお乗り換えください。
／請在新宿轉搭 JR 線。

文法

お…ください［請…］

▶ 用在對客人、屬下對上司的請求，表示敬意而抬高對方行為的表現方式。

0635
□□□

のりもの
【乗り物】

(名) 交通工具

類 バス（bus・公共汽車）；タクシー（taxi・計程車）

例 乗り物に乗るより、歩くほうがいいです。
／走路比搭交通工具好。

0636 ☐☐☐

は
【葉】

(28)

⊛ 葉子，樹葉

⊛ 草（草）

⊛ この葉は、あの葉より黄色いです。／這樹葉，比那樹葉還要黃。

0637 ☐☐☐

ばあい
【場合】

⊛ 時候；狀況，情形

⊛ 時間（時間）；とき（時候）

⊛ 彼が来ない場合は、電話をくれるはずだ。
／他不來的時候，<u>應該</u>會給我電話的。

> **文法**
> **はずだ〔按理說應該…〕**
> ▶ 表示說話人根據事實、理論或自己擁有的知識來推測出結果，是主觀色彩強，較有把握的推斷。

0638 ☐☐☐

パート
【part】

⊛ 打工；部分，篇，章；職責，（扮演的）角色；分得的一份

⊛ アルバイト（arbeit・打工）

⊛ 母は弁当屋でパートをしています。／媽媽在便當店打工。

0639 ☐☐☐

バーゲン
【bargain sale 之略】

⊛ 特價，出清；特賣

⊛ セール（sale・拍賣）

⊛ 夏のバーゲンは来週から始まります。／夏季特賣將會在下週展開。

0640 ☐☐☐

ばい
【倍】

⊛ 名・接尾 倍，加倍

⊛ 半（一半）

⊛ 今年から、倍の給料をもらえるようになりました。／今年起可以領到雙倍的薪資<u>了</u>。

> **文法**
> **ようになる〔（變得）…了〕**
> ▶ 表示是能力、狀態、行為的變化。大都含有花費時間，使成為習慣或能力。

0641 ☐☐☐

はいけん
【拝見】

⊛ 名・他サ 看，拜讀

⊛ 見る（觀看）；読む（閱讀）

⊛ 写真を拝見したところです。／剛看完您的照片。

0642
□□□

はいしゃ
【歯医者】

(名) 牙醫

(類) 医者 (醫生) (類) 患者 (病患)

(例) 歯が痛いなら、歯医者に行けよ。
／如果牙痛，就去看牙醫啊！

> 文法
> なら[要是…就…]
> ▶ 表示接受了對方所說的事情、狀態、情況後，說話人提出了意見、勸告、意志、請求等。

0643
□□□

ばかり

(副助) 大約；光、淨；僅只；幾乎要

(類) だけ (僅僅)

(例) そんなことばかり言わないで、元気を出して。
／別淨說那樣的話，打起精神來。

> 文法
> ばかり[淨…；光…]
> ▶ 表示數量、次數非常多

0644
□□□

はく
【履く】

(他五) 穿 (鞋、襪)

(類) 着る (穿〈衣服〉)；つける (穿上) (對) 脱ぐ (脫掉)

(例) 靴を履いたまま、入らないでください。
／請勿穿著鞋進入。

> 文法
> まま[…著]
> ▶ 表示附帶狀況，指一個動作或作用的結果，在這個狀態遷持續時，進行了後項的動作，或發生後項的事態。

0645
□□□

はこぶ
【運ぶ】

(自・他五) 運送，搬運；進行

(類) 届ける (遞送)

(例) その商品は、店の人が運んでくれます。
／那個商品，店裡的人會幫我送過來。

0646
□□□

はじめる
【始める】

(他下一) 開始；開創；發 (老毛病)

(類) 始まる (開始) (對) 終わり (結束)

(例) ベルが鳴るまで、テストを始めてはいけません。
／在鈴聲響起前，不能開始考試。

| 0647 □□□ | はず | (形式名詞) 應該；會；確實 |

類 べき（應該）

例 彼は、年末までに日本にくるはずです。

/他在年底前，應該會來日本。

| 0648 □□□ | はずかしい
【恥ずかしい】 | 形 丢臉，害羞；難為情 |

類 残念（懊悔）

例 失敗しても、恥ずかしいと思うな。

/即使失敗了也不用覺得丢臉。

文法
な［不要…］
▶ 表示禁止。命令對方不要做某事的說法。由於說法比較粗魯，所以大都是直接面對當事人說。

| 0649 □□□ | パソコン
【personal computer之略】 | 名 個人電腦 |

類 コンピューター（computer・電腦）

例 パソコンは、ネットとワープロぐらいしか使えない。

/我頂多只會用電腦來上上網、打打字。

| 0650 □□□ | はつおん
【発音】 | 名 發音 |

類 声（聲音）

例 日本語の発音を直してもらっているところ
です。

/正在請他幫我矯正日語的發音。

文法
ているところだ［正在…］
▶ 表示正在進行某動作，也就是動作、變化處於正在進行的階段。

| 0651 □□□ | はっきり | 副 清楚；明確；爽快；直接 |

類 確か（清楚）

例 君ははっきり言いすぎる。

/你說得太露骨了。

文法
すぎる［太…；過於…］
▶ 表示程度超過限度，超過一般水平，過分的狀態。

0652 □□□	は**な**み 【花見】	名 賞花（常指賞櫻）

類 楽しむ（欣賞）

例 花見は楽しかったかい？
／賞櫻有趣嗎？

文法

かい［…嗎］
▶ 放在句尾，表示親暱的疑問。

0653 □□□	は**や**し 【林】	名 樹林；林立；（轉）事物集中貌

類 森（森林）

例 林の中の小道を散歩する。／在林間小道上散步。

0654 □□□	は**ら**う 【払う】	他五 付錢；除去；處裡；驅趕；揮去

類 出す（拿出）；渡す（交給） 對 もらう（收到）

例 来週までに、お金を払わなくてはいけない。
／下星期前得付款。

文法

なくてはいけない［必須…］
▶ 表示義務和責任，多用在個別的事情，對某個人。口氣比較強硬，所以一般用在上對下，或同輩之間。

0655 □□□	ば**ん**ぐみ 【番組】	名 節目

類 テレビ（television・電視）

例 新しい番組が始まりました。／新節目已經開始了。

0656 □□□	ば**ん**せん 【番線】	名 軌道線編號，月台編號

類 何番（幾號）

例 12番線から東京行きの急行が出ます。／開往東京的快車即將從12月台發車。

0657 □□□	は**ん**たい 【反対】	名・自サ 相反；反對

類 賛成（同意）

例 あなたが社長に反対しちゃ、困りますよ。
／你要是跟社長作對，我會很頭痛的。

文法

ちゃ［要是…的話］
▶ 表示條件。[ちゃ]是[ては]的縮略形式，一般是用在口語上。

0658 ☐☐☐	ハンドバッグ 【handbag】	⑧ 手提包

⑪ スーツケース (suitcase・手提箱)

例 電車の中にハンドバッグを忘れてしまったのですが、どうしたらいいですか。

/我把手提包忘在電車上了，我該怎麼辦才好呢？

0659 ☐☐☐	ひ 【日】	⑧ 天，日子

⑪ 日 (日・天數)

例 その日、私は朝から走りつづけていた。

/那一天，我從早上開始就跑個不停。

0660 ☐☐☐	ひ 【火】	⑧ 火

⑪ ガス (gas・瓦斯)；マッチ (match・火柴) 対 水 (水)

例 ガスコンロの火が消えそうになっています。

/瓦斯爐的火幾乎快要想滅了。

文法

そう [好像…]
▶ 表示説話人根據親身的見聞，而下的一種判斷。

0661 ☐☐☐	ピアノ 【piano】	⑧ 鋼琴

⑪ ギター (guitar・吉他)

例 ピアノが弾けたらかっこういいと思います。

/心想要是會彈鋼琴那該是一件多麼酷的事啊！

文法

とおもう[覺得…；我想…]
▶ 表示説話者有這樣的想法、感受、意見。

0662 ☐☐☐	ひえる 【冷える】	⑪下一 變冷；變冷淡

⑪ 寒い (寒冷) 対 暖かい (温暖)

例 夜は冷えるのに、毛布がないのですか。

/晚上會冷，沒有毛毯嗎？

| 0663 □□□ | **ひ<u>か</u>り**
【光】 | 名 光亮，光線；(喻) 光明，希望；威力，光榮 |

類 火 (火；火焰)
例 月の光が水に映る。／月光照映在水面上。

| 0664 □□□ | **ひ<u>か</u>る**
【光る】 | 自五 發光，發亮；出眾 |

類 差す (照射)
例 夕べ、川で青く光る魚を見ました。
／昨晚在河裡看到身上泛著青光的魚兒。

| 0665 □□□ | **ひ<u>き</u>だし**
【引き出し】 | 名 抽屜 |

類 机 (桌子)
例 引き出しの中には、鉛筆とかペンとかがあります。
／抽屜中有鉛筆跟筆等。

| 0666 □□□ | **ひげ** | 名 鬍鬚 |

類 髪 (頭髮)
例 今日は休みだから、ひげをそらなくてもかまいません。
／今天休息，所以不刮鬍子也沒關係。

| 0667 □□□ | **ひ<u>こ</u>うじょう**
【飛行場】 | 名 機場 |

類 空港 (機場)
例 もう一つ飛行場ができるそうだ。
／聽說要蓋另一座機場。

文法
そうだ［聽說…］
▶ 表示傳聞。表示不是自己直接獲得的，而是從別人那裡、報章雜誌或信上等處獲得該信息。

| 0668 □□□ | **ひ<u>さ</u>しぶり**
【久しぶり】 | 名・形動 許久，隔了好久 |

類 しばらく (好久)
例 久しぶりに、卒業した学校に行ってみた。
／隔了許久才回母校看看。

0669 □□□	**びじゅつかん** 【美術館】	㊂ 美術館

㊣ 図書館 (圖書館)

㊙ 美術館で絵はがきをもらいました。 ／在美術館拿了明信片。

0670 □□□	**ひじょうに** 【非常に】	㊐ 非常，很

㊣ たいへん (非常)；とても (非常)；あまり (很)

㊙ 王さんは、非常に元気そうです。
／王先生看起來很有精神。

0671 □□□	**びっくり**	㊐・自サ 驚嚇，吃驚

㊣ 驚く (吃驚)

㊙ びっくりさせないでください。
／請不要嚇我。

文法

(さ)せる [被…，給…]
▶ 表示某人用言行促使他人自然地做某種行為，常搭配當事人難以控制的情緒動詞。

0672 □□□	**ひっこす** 【引っ越す】	自五 搬家

㊣ 運ぶ (搬運)

㊙ 大阪に引っ越すことにしました。
／決定搬到大阪。

文法

ことにする [決定…]
▶ 表示說話人以自己的意志，主觀地對將來的行為做出某種決定、決心。

0673 □□□	**ひつよう** 【必要】	㊂・形動 需要

㊣ 要る (需要)；欲しい (想要)

㊙ 必要だったら、さしあげますよ。／如果需要就送您。

0674 □□□	**ひどい** 【酷い】	㊌ 殘酷；過分；非常；嚴重，猛烈

㊣ 怖い (可怕)；残念 (遺憾)

㊙ そんなひどいことを言うな。
／別說那麼過分的話。

0675
□□□
ひらく
【開く】

自・他五 綻放；打開；拉開；開拓；開設；開導

類 咲く（綻放）　對 閉まる（緊閉）；閉じる（閉上）

例 ばらの花が開きだした。／玫瑰花綻放開來了。

文法
だす［…起來、開始…］
▶ 表示某動作、狀態的開始。

0676
□□□
ビル
【building 之略】

名 高樓，大廈

類 アパート（apartment house・公寓）；建物（建築物）

例 このビルは、あのビルより高いです。／這棟大廈比那棟大廈高。

0677
□□□
ひるま
【昼間】

名 白天

類 昼（白天）　對 夜（晚上）

例 彼は、昼間は忙しいと思います。／我想他白天應該很忙。

0678
□□□
ひるやすみ
【昼休み】

名 午休

類 休み（休息）；昼寝（午睡）

例 昼休みなのに、仕事をしなければなりませんでした。
／午休卻得工作。

0679
□□□
ひろう
【拾う】

他五 撿拾；挑出；接；叫車

類 呼ぶ（叫來）　對 捨てる（丟棄）

例 公園でごみを拾わせられた。
／被叫去公園撿垃圾。

文法
（さ）せられる［被迫…；不得已…］
▶ 被某人或某事物強迫做某動作，且不得已。含有不情願，感到受害的心情。

0680
□□□
30
ファイル
【file】

名 文件夾；合訂本，卷宗；（電腦）檔案

類 道具（工具）

例 昨日、作成したファイルが見つかりません。
／我找不到昨天已經做好的檔案。

| 0681 □□□ | ふえる【増える】 | 自下一 増加 |

対 減る（減少）
例 結婚しない人が増えだした。／不結婚的人變多了。

| 0682 □□□ | ふかい【深い】 | 形 深的；濃的；晚的；（情感）深的；（關係）密切的 |

類 厚い（厚的） 対 浅い（淺的）
例 このプールは深すぎて、危ない。／這個游泳池太過深了，很危險！

| 0683 □□□ | ふくざつ【複雑】 | 名・形動 複雜 |

類 難しい（困難） 対 簡単（容易）
例 日本語と英語と、どちらのほうが複雑だと思いますか。／日語和英語，你覺得哪個比較複雜？

文法
と…と…どちら［在…與…中，哪個…］
▶ 從兩個裡面選一個。也就是詢問兩個人或兩件事，哪一個適合後項。

| 0684 □□□ | ふくしゅう【復習】 | 名・他サ 復習 |

類 練習（練習） 対 予習（預習）
例 授業の後で、復習をしなくてはいけませんか。／下課後一定得複習嗎？

文法
なくてはいけない［必須…］
▶ 表示義務和責任，多用在個別的事情，或對某個人，口氣比較強硬，一般用在上對下，或同輩之間。

| 0685 □□□ | ぶちょう【部長】 | 名 部長 |

類 課長（課長）；上司（上司）
例 部長、会議の資料がそろいましたので、ご確認ください。／部長，開會的資料我都準備好了，請您確認。

| 0686 □□□ | ふつう【普通】 | 名・形動 普通，平凡；普通車 |

類 いつも（通常） 対 偶に（偶爾）；ときどき（偶爾）
例 急行は小宮駅には止まりません。普通列車をご利用ください。／快車不停小宮車站，請搭乘普通車。

0687 ぶどう【葡萄】

（名）葡萄

- 類 果物（水果）
- 例 隣のうちから、ぶどうをいただきました。
  ／隔壁的鄰居送我葡萄。

文法
いただく[承蒙…；拜領…]
▶ 表示從地位、年齡高的人那裡得到東西。用在給予人身份、地位、年齡比接受人高的時候。

0688 ふとる【太る】

（自五）胖，肥胖；增加

- 類 太い（肥胖的） 對 痩せる（瘦的）
- 例 ああ太っていると、苦しいでしょうね。
  ／一胖成那樣，會很辛苦吧！

文法
ああ[那樣]
▶ 指示說話人和聽話人以外的事物，或是雙方都理解的事物。

0689 ふとん【布団】

（名）被子，床墊

- 類 敷き布団（被褥；下被）
- 例 布団をしいて、いつでも寝られるようにした。
  ／鋪好棉被，以便隨時可以睡覺。

文法
ようにする[以便…]
▶ 表示對某人或事物、施予某動作，使其起作用。

0690 ふね【船・舟】

（名）船；舟，小型船

- 類 飛行機（飛機）
- 例 飛行機は、船より速いです。／飛機比船還快。

0691 ふべん【不便】

（形動）不方便

- 類 困る（不好處理） 對 便利（方便）
- 例 この機械は、不便すぎます。／這機械太不方便了。

0692 ふむ【踏む】

（他五）踩住，踩到；踏上；實踐

- 類 蹴る（踢）
- 例 電車の中で、足を踏まれたことはありますか。
  ／在電車裡有被踩過腳嗎？

0693
□□□
プレゼント
【present】
⑧ 禮物

㊞ お土産（特産；禮物）

例 子どもたちは、プレゼントをもらって喜んだ。
／孩子們收到禮物，感到欣喜萬分。

0694
□□□
ブログ
【blog】
⑧ 部落格

㊞ ネット（net・網路）

例 去年からブログをしています。
／我從去年開始寫部落格。

0695
□□□
ぶんか
【文化】
⑧ 文化；文明

㊞ 文学（文學）

例 外国の文化について知りたがる。
／他想多了解外國的文化。

> **文法**
> たがる［想…］
> ▶ 顯露在外表的願望或希望，也就是從外觀就可看對方的意願。
> ▶ 近 ないでほしい［希望（對方）不要…］

0696
□□□
ぶんがく
【文学】
⑧ 文學

㊞ 歴史（歴史）

例 アメリカ文学は、日本文学ほど好きではありません。
／我對美國文學，沒有像日本文學那麼喜歡。

0697
□□□
ぶんぽう
【文法】
⑧ 文法

㊞ 文章（文章）

例 文法を説明してもらいたいです。
／想請你說明一下文法。

0698
□□□

べつ
【別】

(名・形動) 別外，別的；區別

反 別々 (分開) 類 一緒 (一起)

例 駐車場に別の車がいて私のをとめられない。
/停車場裡停了別的車，我的沒辦法停。

文法
のを
▶ 前接短句，表示強調。另能使其名詞化，成為句子的主語或目的語。

0699
□□□

べつに
【別に】

(副) 分開；額外；除外；(後接否定)(不)特別，(不)特殊

類 別 (分別)

例 別に教えてくれなくてもかまわないよ。/不教我也沒關係。

0700
□□□

ベル
【bell】

(名) 鈴聲

類 声 (聲音)

例 どこかでベルが鳴っています。
/不知哪裡的鈴聲響了。

文法
か
▶ 前接疑問詞。當一個完整的句子中，包含另一個帶有疑問詞的疑問句時，則表示事態的不明確性。

0701
□□□

ヘルパー
【helper】

(名) 幫傭；看護

類 看護師 (護士)

例 週に2回、ヘルパーさんをお願いしています。
/一個禮拜會麻煩看護幫忙兩天。

0702
□□□

へん
【変】

(名・形動) 奇怪，怪異；變化；事變

類 おかしい (奇怪)

例 その服は、あなたが思うほど変じゃないですよ。
/那件衣服，其實並沒有你想像中的那麼怪。

0703
□□□

へんじ
【返事】

(名・自サ) 回答，回覆

類 答え (回答)；メール (mail・郵件)

例 両親とよく相談してから返事します。/跟父母好好商量之後，再回覆你。

| 0704 □□□ | **へんしん**【返信】 | 名・自サ 回信，回電 |

類 返事（回信）；手紙（書信）
例 私の代わりに、返信しておいてください。／請代替我回信。

ほ

| 0705 □□□ 31 | **ほう**【方】 | 名 …方，邊；方面；方向 |

組 より（も）（比…還）
例 子供の服なら、やはり大きいほうを買います。
／如果是小孩的衣服，我還是會買比較大的。

| 0706 □□□ | **ぼうえき**【貿易】 | 名 國際貿易 |

類 輸出（出口）
例 貿易の仕事は、おもしろいはずだ。／貿易工作應該很有趣。

| 0707 □□□ | **ほうそう**【放送】 | 名・他サ 播映，播放 |

類 ニュース（news・新聞）
例 英語の番組が放送されることがありますか。
／有時會播放英語節目嗎？

| 0708 □□□ | **ほうりつ**【法律】 | 名 法律 |

類 政治（政治）
例 法律は、ぜったい守らなくてはいけません。
／一定要遵守法律。

> **文法**
> なくてはいけない[必須…]
> ▶ 表示社會上一般人普遍的想法。

| 0709 □□□ | **ホームページ**【homepage】 | 名 網站首頁；網頁（總稱） |

類 ページ（page・頁）
例 新しい情報はホームページに載せています。
／最新資訊刊登在網站首頁上。

0710
□□□

ぼく
【僕】

（名）我（男性用）

題 自分（自己・我）　新 きみ（你）

例 この仕事は、僕がやらなくちゃならない。／這個工作我非做不行。

0711
□□□

ほし
【星】

（名）星星

題 月（月亮）

例 山の上では、星がたくさん見えるだろうと思います。
／我想在山上應該可以看到很多的星星吧！

文法
(だろう)とおもう
[（我）想…吧]
▶ 說話人主觀的判斷，或個人的見解。

0712
□□□

ほぞん
【保存】

（名・他サ）保存；儲存（電腦檔案）

題 残す（留下）

例 別の名前で保存した方がいいですよ。／用別的檔名儲存會比較好喔。

0713
□□□

ほど
【程】

（名・副助）…的程度；限度；越…越…

題 程度（程度）；ぐらい（大約）

例 あなたほど上手な文章ではありませんが、なんとか書き終わったところです。
／我的文章程度沒有你寫得好，但總算是完成了。

文法
おわる[結束]
▶ 接在動詞連用形後面，表示前接動詞的結束、完了。

0714
□□□

ほとんど
【殆ど】

（名・副）大部份；幾乎

題 だいたい（大致）；たぶん（大概）

例 みんな、ほとんど食べ終わりました。／大家幾乎用餐完畢了。

0715
□□□

ほめる
【褒める】

（他下一）誇獎

題 叱る（斥責）

例 部下を育てるには、褒めることが大事です。
／培育部屬，給予讚美是很重要的。

0716 □□□

ほんやく
【翻訳】

名・他サ 翻譯

顟 通訳（口譯）

例 英語の小説を翻訳しようと思います。

／我想翻譯英文小說。

文法

（よ）うとおもう［我想…］

▶ 表示說話人告訴聽話人、說話當時自己的想法，打算或意圖，且動作實現的可能性很高。

0717
□□□

32

まいる
【参る】

自五 來，去（「行く」、「来る」的謙讓語）；認輸；參拜

類 行く（去）；来る（來）

例 ご都合がよろしかったら、2時にまいります。
／如果您時間方便，我兩點過去。

文法

ご…[貴…]
▶ 後接名詞（跟對方有關的行為、狀態或所有物），表示尊敬、鄭重、親愛，另外，還有習慣用法等意思。

0718
□□□

マウス
【mouse】

名 滑鼠；老鼠

對 キーボード（keyboard・鍵盤）

例 マウスの使い方が分かりません。／我不知道滑鼠的使用方法。

0719
□□□

まける
【負ける】

自下一 輸；屈服

類 失敗（失敗）對 勝つ（勝利）

例 がんばれよ。ぜったい負けるなよ。／加油喔！千萬別輸了！

0720
□□□

まじめ
【真面目】

名・形動 認真；誠實

類 一生懸命（認真的）

例 今後も、まじめに勉強していきます。
／從今以後，也會認真唸書。

文法

ていく[…去；…下去]
▶ 表示動作或狀態，越來越遠地移動或變化，或動作的繼續、順序，多指從現在向將來。

0721
□□□

まず
【先ず】

副 首先，總之；大約；姑且

類 最初（開始）；初め（開頭）

例 まずここにお名前をお書きください。／首先請在這裡填寫姓名。

0722
□□□

または
【又は】

接續 或者

類 又（再）

例 ボールペンまたは万年筆で記入してください。
／請用原子筆或鋼筆謄寫。

0723 ☐☐☐
まちがえる
【間違える】
（他下一）錯；弄錯

類 違う（錯誤）　**反** 正しい（正確）；合う（符合）

例 先生は、間違えたところを直してくださいました。
／老師幫我訂正了錯誤的地方。

0724 ☐☐☐
まにあう
【間に合う】
（自五）來得及，趕得上；夠用

類 十分（足夠）　**反** 遅れる（沒趕上）

例 タクシーに乗らなくちゃ、間に合わないですよ。
／要是不搭計程車，就來不及哦！

0725 ☐☐☐
まま
（名）如實，照舊，…就…；隨意

反 変わる（改變）

例 靴もはかないまま、走りだした。／沒穿鞋子，就跑起來了。

0726 ☐☐☐
まわり
【周り】
（名）周圍，周邊

類 近所（附近，鄰居）；隣（隔壁，鄰居）；そば（旁邊）

例 本屋で声を出して読むと周りのお客様に迷惑です。
／在書店大聲讀出聲音，會打擾到周遭的人。

0727 ☐☐☐
まわる
【回る】
（自五）轉動；走動；旋轉；繞道；轉移

類 通る（通過）

例 村の中を、あちこち回るところです。
／正要到村裡到處走動走動。

> **文法**
> ところだ［剛要…］
> ▶ 表示將要進行某動作，也就是動作、變化處於開始之前的階段。

0728 ☐☐☐
まんが
【漫画】
（名）漫畫

類 雑誌（雜誌）

例 漫画ばかりで、本はぜんぜん読めません。
／光看漫畫，完全不看書。

| 0729 □□□ | **ま**ん**なか**【真ん中】 | (名) 正中間 |

類 間（中間）　**對** 隅（角落）
例 電車が田んぼの真ん中をのんびり走っていた。
／電車緩慢地行走在田園中。

み

| 0730 □□□ | **み**え**る**【見える】 | (自下一) 看見；看得見；看起來 |

類 見る（観看）　**對** 聞こえる（聽得見）
例 ここから東京タワーが見えるはずがない。
／從這裡不可能看得到東京鐵塔。

| 0731 □□□ | **み**ず**う**み【湖】 | (名) 湖，湖泊 |

類 海（海洋）；池（池塘）
例 山の上に、湖があります。／山上有湖泊。

| 0732 □□□ | **み**そ【味噌】 | (名) 味噌 |

類 スープ（soup・湯）
例 この料理は、みそを使わなくてもかまいません。／這道菜不用味噌也行。

| 0733 □□□ | **み**つ**かる**【見付かる】 | (自五) 發現了；找到 |

類 見付ける（找到）
例 財布は見つかったかい？／錢包找到了嗎？

| 0734 □□□ | **み**つ**ける**【見付ける】 | (他下一) 找到，發現；目睹 |

類 見付かる（被看到）
例 どこでも、仕事を見つけることができませんでした。／不管到哪裡都找不到工作。

文法
でも［不管…都…］
▶ 前接疑問詞，表示全面肯定或否定，也就是沒有例外，全部都是。句尾大都是可能或容許等表現。

0735 □□□	みどり 【緑】	② 綠色，翠綠；樹的嫩芽

類色 (顏色)；青い (綠，藍)

例 今、町を緑でいっぱいにしているところです。
/現在鎮上正是綠意盎然的時候。

0736 □□□	みな 【皆】	② 大家；所有的

類全部 (全部)；皆 (全部)　對半分 (一半)

例 この街は、みなに愛されてきました。
/這條街一直深受大家的喜愛。

文法

(ら)れる[被…]
▶ 為被動。是種客觀的事實描述。

0737 □□□	みなと 【港】	② 港口，碼頭

類駅 (電車站)；飛行場 (機場)

例 港には、船がたくさんあるはずだ。
/港口應該有很多船。

む

0738 □□□	むかう 【向かう】	自五 面向

類向ける (向著)；向く (朝向)

例 船はゆっくりとこちらに向かってきます。
/船隻緩緩地向這邊駛來。

0739 □□□	むかえる 【迎える】	他下一 迎接；邀請；娶，招；迎合

類向ける (前往)　對送る (送行)；別れる (離別)

例 高橋さんを迎えるため、空港まで行ったが、
会えなかった。
/為了接高橋先生，趕到了機場，但卻沒能碰到面。

文法

ため(に)[以…為目的，做…]
▶ 表示為了某一目的，而有後面積極努力的動作、行為，前項是後項的目標。

0740 □□□	**むかし** 【昔】	⑧ 以前

- 類 最近（最近）
- 例 私は昔、あんな家に住んでいました。／我以前住過那樣的房子。

0741 □□□	**むすこさん** 【息子さん】	⑧ (尊稱他人的)令郎

- 類 息子（兒子） 對 娘さん（女兒）
- 例 息子さんのお名前を教えてください。／請教令郎的大名。

0742 □□□	**むすめさん** 【娘さん】	⑧ 您女兒，令嬡

- 類 娘（女兒） 新 息子さん（兒子）
- 例 隣の娘さんは来月ハワイで結婚式を挙げるのだそうだ。
  ／聽說隔壁家的女兒下個月要在夏威夷舉辦婚禮。

0743 □□□	**むら** 【村】	⑧ 村莊，村落；鄉

- 類 田舎（農村・鄉下） 對 町（城鎮）
- 例 この村への行きかたを教えてください。
  ／請告訴我怎麼去這個村子。

0744 □□□	**むり** 【無理】	形 勉強；不講理；逞強；強求；無法辦到

- 類 だめ（不行） 對 大丈夫（沒問題）
- 例 病気のときは、無理をするな。／生病時不要太勉強。

め

0745 □□□ **33**	**め** 【…目】	接尾 第…

- 類 …回（…次）
- 例 田中さんは、右から3人目の人だと思う。
  ／我想田中應該是從右邊算起的第三位。

0746
□□□ **メール**
【mail】

③ 電子郵件；信息；郵件

類 手紙（書信）

例 会議の場所と時間は、メールでお知らせします。
／將用電子郵件通知會議的地點與時間。

文法
お…する
▶ 對要表示尊敬的人，透過降低自己或自己這一邊的人，以提高對方地位，來向對方表示尊敬。

0747
□□□ **メールアドレス**
【mail address】

③ 電子信箱地址，電子郵件地址

類 住所（住址）

例 このメールアドレスに送っていただけますか。
／可以請您傳送到這個電子信箱地址嗎？

文法
ていただく［承蒙…］
▶ 表示接受人請求給予人做某行為，且對那一行為帶著感謝的心情。「いただく」的可能形是「いただける」。

0748
□□□ **めしあがる**
【召し上がる】

他五 吃，喝（「食べる」、「飲む」的尊敬語）

類 食べる（吃）；飲む（喝）；取る（吃）

例 お菓子を召し上がりませんか。／要不要吃一點點心呢？

0749
□□□ **めずらしい**
【珍しい】

形 少見，稀奇

類 少ない（少的）

例 彼がそう言うのは、珍しいですね。
／他會那樣說倒是很稀奇。

文法
そう［那樣］
▶ 指示較靠近對方或較為遠處的事物時用的詞。

も

0750
□□□ **もうしあげる**
【申し上げる】

他下一 說（「言う」的謙讓語）

類 言う（說）

例 先生にお礼を申し上げようと思います。
／我想跟老師道謝。

| 0751 □□□ | **もうす**【申す】 | 他五 說，叫（「言う」的謙讓語） |

対 言う（說）
例「雨が降りそうです。」と申しました。
／我說：「好像要下雨了」。

| 0752 □□□ | **もうすぐ**【もう直ぐ】 | 副 不久，馬上 |

類 そろそろ（快要）；すぐに（馬上）
例 この本は、もうすぐ読み終わります。
／這本書馬上就要看完了。

| 0753 □□□ | **もうひとつ**【もう一つ】 | 連語 再一個 |

類 もう一度（再一次）
例 これは更にもう一つの例だ。
／這是進一步再舉出的一個例子。

| 0754 □□□ | **もえるごみ**【燃えるごみ】 | 名 可燃垃圾 |

類 ゴミ（垃圾）
例 燃えるごみは、火曜日に出さなければいけません。
／可燃垃圾只有星期二才可以丟。

| 0755 □□□ | **もし**【若し】 | 副 如果，假如 |

類 例えば（例如）
例 もしほしければ、さしあげます。
／如果想要就送您。

| 0756 □□□ | **もちろん** | 副 當然 |

類 必ず（一定）
例 中国人だったら中国語はもちろん話せる。
／中國人當然會說中文。

| 0757 □□□ | **もてる**
【持てる】 | 自下一 能拿，能保持；受歡迎，吃香 |

類 人気 (受歡迎) 對 大嫌い (很討厭)
例 大学生の時が一番もてました。
／大學時期是最受歡迎的時候。

| 0758 □□□ | **もどる**
【戻る】 | 自五 回到；折回 |

類 帰る (回去) 對 進む (前進)
例 こう行って、こう行けば、駅に戻れます。
／這樣走，再這樣走下去，就可以回到車站。

文法
こう [這樣]
► 指眼前的物或近處的
事時用的詞。

| 0759 □□□ | **もめん**
【木綿】 | 名 棉 |

類 綿 (棉花)
例 友達に、木綿の靴下をもらいました。
／朋友送我棉質襪。

| 0760 □□□ | **もらう**
【貰う】 | 他五 收到，拿到 |

類 頂く (拜領)；取る (拿取) 對 やる (給予)
例 私は、もらわなくてもいいです。
／不用給我也沒關係。

| 0761 □□□ | **もり**
【森】 | 名 樹林 |

類 林 (樹林)
例 森の中で鳥が鳴いて、川の中に魚が泳いでいる。
／森林中有鳥叫聲，河裡有游動的魚兒。

0762
□□□
34

やく
【焼く】

他五 焚燒；烤；曬；嫉妒

類 料理する（烹飪）
例 肉を焼きすぎました。
／肉烤過頭了。

0763
□□□

やくそく
【約束】

名・他サ 約定，規定

類 決まる（決定）；デート（date・約會） 對 自由（隨意）
例 ああ約束したから、行かなければならない。
／已經那樣約定好，所以非去不可。

文法
なければならない［必須…］
▶ 表示無論是自己或對方，從社會常識或事情的性質來看，不那樣做就不合理，有義務要那樣做。

0764
□□□

やくにたつ
【役に立つ】

慣 有幫助，有用

類 使える（能用）；使いやすい（好用） 對 つまらない（沒用）
例 その辞書は役に立つかい？
／那辭典有用嗎？

0765
□□□

やける
【焼ける】

自下一 烤熟；（被）烤熟；曬黑；燥熱；發紅；添麻煩；感到嫉妒

類 火事になる（火災）；焼く（焚燒）
例 ケーキが焼けたら、お呼びいたします。
／蛋糕烤好後我會叫您的。

文法
お…いたす
▶ 對要表示尊敬的人，透過降低自己或自己這一邊的人的說法，以提高對方地位，來向對方表示尊敬。

0766
□□□

やさしい
【優しい】

形 溫柔的，體貼的；柔和的；親切的

類 親切（溫柔） 對 厳しい（嚴厲）
例 彼女があんなに優しい人だとは知りませんでした。
／我不知道她是那麼貼心的人。

0767
☐☐☐ **やすい**　　　　　　接尾 容易…

反 にくい（很難…）

例 風邪をひきやすいので、気をつけなくては
いけない。／容易感冒，所以得小心一點。

文法
なくてはいけない
[必須…]
▶ 表露説話者自己的決心。

0768
☐☐☐ **やせる**
　　　【痩せる】　　　自下一 痩；貧瘠

類 ダイエット（diet・減重）　對 太る（發福）
例 先生は、少し痩せられたようですね。
／老師您好像瘦了。

文法
（ら）れる
▶ 表示對對方或話題人
物的尊敬，就是在表敬
意之對象的動作上用尊
敬助動詞。

0769
☐☐☐ **やっと**　　　　　　副 終於，好不容易

類 とうとう（終究）
例 やっと来てくださいましたね。／您終於來了。

0770
☐☐☐ **やはり**　　　　　　副 依然，仍然

類 やっぱり（仍然）
例 みんなには行くと言ったが、やはり行きたくない。
／雖然跟大家說我要去，但是我還是不想去。

0771
☐☐☐ **やむ**
　　　【止む】　　　自五 停止

類 止める（停止）
例 雨がやんだら、出かけましょう。／如果雨停了，就出門吧！

0772
☐☐☐ **やめる**
　　　【辞める】　　　他下一 停止；取消；離職

類 行かない（不去）；遠慮する（謝絕）
例 こう考えると、会社を辞めたほうがいい。
／這樣一想，還是離職比較好。

0773 □□□
やめる
【止める】
他下一 停止

類 止む（停止）　**反** 始める（開始）

例 好きなゴルフをやめる**つもりはない**。

／我不打算放棄我所喜歡的高爾夫。

文法

つもり（で）はない［不打算…］

▶ 說話者意志堅定的語氣。

0774 □□□
やる
【遣る】
他五 派；給，給予；做

類 あげる（給予）

例 動物にえさをやっちゃだめです。

／不可以給動物餵食。

0775 □□□
やわらかい
【柔らかい】
形 柔軟的

類 ソフト（soft・柔軟）　**反** 硬い（硬的）

例 このレストランのステーキは柔らかくておいしい。

／這家餐廳的牛排肉質軟嫩，非常美味。

ゆ

0776 □□□
ゆ
【湯】
名 開水，熱水；浴池；溫泉；洗澡水

類 水（水）；スープ（soup・湯）

例 湯をわかすために、火をつけた。

／為了燒開水，點了火。

0777 □□□
ゆうはん
【夕飯】
名 晚飯

類 朝ご飯（早餐）

例 叔母は、いつも夕飯を食べさせて**くれる**。

／叔母總是做晚飯給我吃。

文法

てくれる［（為我）做…］

▶ 表示他人為我，或為我方的人做前項有益的事，用在帶著感謝的心情，接受別人的行為。

讀書計劃：
□□/□□
□□/□□
□□

0778 □□□	ゆうべ 【夕べ】	名 昨晚；傍晚

鬩昨夜（昨晚）　反朝（早晨）

例 ゆうべは暑かったですねえ。よく眠れませんでしたよ。
　　／昨天晚上真是熱死人了，我根本不太睡得著。

0779 □□□	ユーモア 【humor】	名 幽默，滑稽，詼諧

鬩面白い（有趣）　反つまらない（無聊）

例 ユーモアのある人が好きです。／我喜歡有幽默感的人。

0780 □□□	ゆしゅつ 【輸出】	名・他サ 出口

反輸入（進口）

例 自動車の輸出をしたことがありますか。
　　／曾經出口汽車嗎？

文法
たことがある [曾…]
▶ 表示經歷過某個特別
的事件，且事件的發生
離現在已有一段時間，
或指過去的一般經驗。

0781 □□□	ゆび 【指】	名 手指

鬩手（手）；足（腳）

例 指が痛いために、ピアノが弾けない。
　　／因為手指疼痛，而無法彈琴。

0782 □□□	ゆびわ 【指輪】	名 戒指

鬩アクセサリー（accessory・裝飾用品）

例 記念の指輪がほしいかい？／想要紀念戒指嗎？

0783 □□□	ゆめ 【夢】	名 夢

鬩願い（心願）

例 彼は、まだ甘い夢を見つづけている。
　　／他還在做天真浪漫的美夢！

0784
☐☐☐

ゆれる
【揺れる】

(自下一) 搖動；動搖

- 動く（搖動）
- 地震で家が激しく揺れた。
  /房屋因地震而劇烈的搖晃。

0785
☐☐☐
35

よう
【用】

(名) 事情；用途

- 用事（有事）
- 用がなければ、来なくてもかまわない。
  /如果沒事，不來也沒關係。

0786
☐☐☐

ようい
【用意】

(名・他サ) 準備；注意

- 準備（預備）
- 食事をご用意いたしましょうか。
  /我來為您準備餐點吧？

文法
ご…いたす
▶ 對要表示尊敬的人，透過降低自己或自己這一邊的人的說法，以提高對方地位，來向對方表示尊敬。

0787
☐☐☐

ようこそ

(寒暄) 歡迎

- いらっしゃい（歡迎光臨）
- ようこそ、おいで下さいました。
  /衷心歡迎您的到來。

0788
☐☐☐

ようじ
【用事】

(名) 事情；工作

- 仕事（工作）
- 無事（太平無事）
- 用事があるなら、行かなくてもかまわない。
  /如果有事，不去也沒關係。

| 0789
□□□ | よくいらっしゃいました | 寒暄 歓迎光臨 |

題 いらっしゃいませ（歓迎光臨）
例 よくいらっしゃいました。靴を脱がずに、お入りください。
／歓迎光臨。不用脱鞋，請進來。

> **文法**
> ず(に)[不…地；沒…地]
> ▶ 表示以否定的狀態或方式來做後項的動作，或產生後項的結果，語氣較生硬。

| 0790
□□□ | よごれる
【汚れる】 | 自下一 髒污；醜醜 |

反 汚い（航髒的）
對 綺麗（乾淨的）
例 汚れたシャツを洗ってもらいました。／我請他幫我把髒的襯衫拿去送洗了。

| 0791
□□□ | よしゅう
【予習】 | 名・他サ 預習 |

題 練習（練習）
對 復習（複習）
例 授業の前に予習をしたほうがいいです。／上課前預習一下比較好。

| 0792
□□□ | よてい
【予定】 | 名・他サ 預定 |

題 予約（約定）
例 木村さんから自転車をいただく予定です。
／我預定要接收木村的腳踏車。

> **文法**
> いただく[承蒙…、拜領…]
> ▶ 表示從地位、年齡高的人那裡得到東西。用在給予人身份、地位、年齡比接受人高的時候。

| 0793
□□□ | よやく
【予約】 | 名・他サ 預約 |

題 取る（訂）
例 レストランの予約をしなくてはいけない。／得預約餐廳。

| 0794
□□□ | よる
【寄る】 | 自五 順道去…；接近；增多 |

題 近づく（接近）
例 彼は、会社の帰りに喫茶店に寄りたがります。
／他下班回家途中總喜歡順道去咖啡店。

0795 □□□
よ|ろ|こ|ぶ
【喜ぶ】
（自五）高興

（類）楽（たの）しい（快樂）　（對）悲（かな）しい（悲傷）；心配（しんぱい）（擔心）

（例）弟（おとうと）と遊（あそ）んでやったら、とても喜（よろこ）びました。

／我陪弟弟玩，結果他非常高興。

0796 □□□
よ|ろ|し|い
【宜しい】
（形）好，可以

（類）結構（けっこう）（出色）　（對）悪（わる）い（不好）

（例）よろしければ、お茶（ちゃ）をいただきたいのですが。

／如果可以的話，我想喝杯茶。

0797 □□□
よ|わ|い
【弱い】
（形）虛弱；不擅長，不高明

（類）病気（びょうき）（生病）；暗（くら）い（黯淡）　（對）強（つよ）い（強壯）；丈夫（じょうぶ）（牢固）

（例）その子（こ）どもは、体（からだ）が弱（よわ）そうです。

／那個小孩看起來身體很虛弱。

ら

0798
□□□

36

ラップ
【rap】

名 饒舌樂，饒舌歌

関 歌（歌曲）

例 ラップで英語の発音を学ぼう。/利用饒舌歌來學習英語發音！

0799
□□□

ラップ
【wrap】

名・他サ 保鮮膜；包裝，包裹

関 包む（包裹）

例 野菜をラップする。/用保鮮膜將蔬菜包起來。

0800
□□□

ラブラブ
【lovelove】

形動 （情侶，愛人等）甜蜜，如膠似漆

関 恋愛（愛情）

例 付き合いはじめたばかりですから、ラブラブです。
/因為才剛開始交往，兩個人如膠似漆。

> **文法**
> たばかりだ［剛…］
> ▶ 從心理上感覺到事情發生後不久的語感。

り

0801
□□□

りゆう
【理由】

名 理由，原因

関 訳（原因）；意味（意思）

例 彼女は、理由を言いたがらない。
/她不想說明理由。

> **文法**
> たがらない［不想…］
> ▶ 願露在外的否定意願，也就是從外觀就可看對出對方的不願意。

0802
□□□

りよう
【利用】

名・他サ 利用

関 使う（使用）

例 図書館を利用したがらないのは、なぜですか。
/你為什麼不想使用圖書館呢？

> **文法**
> のは
> ▶ 前接短句，表示強調。另能使其名詞化，成為句子的主語或目的語。

あ

か

さ

た

な

は

ま

や

ら

わ

練習

0803 りょうほう【両方】
☐☐☐

名 兩方，兩種

類 二つ（兩個・兩方）

例 やっぱり両方買うことにしました。
／我還是決定兩種都買。

文法

ことにする［決定…］
► 表示說話人以自己的意志，主觀地對將來的行為做出某種決定、決心。如果用「ことにしている」就表示因某決定，而養成了習慣或形成了規矩。

0804 りょかん【旅館】
☐☐☐

名 旅館

類 ホテル（hotel・飯店）

例 和式の旅館に泊まることがありますか。
／你曾經住過日式旅館嗎？

る

0805 るす【留守】
☐☐☐

名 不在家；看家

類 出かける（出門）

例 遊びに行ったのに、留守だった。
／我去找他玩，他卻不在家。

れ

0806 れいぼう【冷房】
☐☐☐

名・他サ 冷氣

對 クーラー（cooler・冷氣）暖房（暖氣）

例 なぜ冷房が動かないのか調べたら、電気が
入っていなかった。
／檢查冷氣為什麼無法運轉，結果發現沒接上電。

文法

たら…た
［原來…；發現…］
► 表示說話者完成前項動作後，有了新發現，或是發生了後項的事情。

0807 れきし【歴史】
☐☐☐

名 歷史

類 地理（地理）

例 日本の歴史についてお話しいたします。／我要講的是日本歷史。

0808 □□□	レジ 【register 之略】	名 收銀台

類 お会計 (算帳)

例 レジで勘定する。
／到收銀台結帳。

0809 □□□	レポート 【report】	名・他サ 報告

類 報告 (報告)

例 レポートにまとめる。
／整理成報告。

0810 □□□	れんらく 【連絡】	名・自他サ 聯繫，聯絡；通知

類 知らせる (通知)；手紙 (書信)

例 連絡せずに、仕事を休みました。
／沒有聯絡就缺勤了。

文法
せず(に)[不…地，沒…地]
▶ 表示以否定的狀態或方式來做後項的動作，或產生後項的結果。語氣較生硬。

0811 ☐☐☐

ワープロ
【word processor之略】

(37)

名 文字處理機

類 パソコン（personal computer・個人電腦）

例 このワープロは簡単に使えて、とてもいいです。
／這台文書處理機操作簡單，非常棒。

0812 ☐☐☐

わかす
【沸かす】

他五 煮沸；使沸騰

類 沸く（煮沸）

例 ここでお湯が沸かせます。
／這裡可以將水煮開。

0813 ☐☐☐

わかれる
【別れる】

自下一 分別，分開

類 送る（送走）　對 迎える（迎接）

例 若い二人は、両親に別れさせられた。
／兩位年輕人，被父母給強行拆散了。

0814 ☐☐☐

わく
【沸く】

自五 煮沸，煮開；興奮

類 沸かす（燒熱）

例 お湯が沸いたら、ガスをとめてください。
／熱水開了，就請把瓦斯關掉。

0815 ☐☐☐

わけ
【訳】

名 原因，理由；意思

類 理由（原因）

例 私がそうしたのには、訳があります。
／我那樣做，是有原因的。

0816 ☐☐☐

わすれもの
【忘れ物】

名 遺忘物品，遺失物

類 落とし物（遺失物）

例 あまり忘れ物をしないほうがいいね。
／最好別太常忘東西。

0817 □□□	**わらう** 【笑う】	自五 笑；譏笑

反 泣く (哭泣)
例 失敗して、みんなに笑われました。
／因失敗而被大家譏笑。

0818 □□□	**わりあい** 【割合】	名 比，比例

類 割合に (比較地)
例 人件費は、経費の中でもっとも大きな割合を占めている。
／人事費在經費中所佔的比率最高。

0819 □□□	**わりあいに** 【割合に】	副 比較地

類 結構 (相當)
例 東京の冬は、割合に寒いだろうと思う。
／我想東京的冬天・應該比較冷吧！

0820 □□□	**われる** 【割れる】	自下一 破掉，破裂；分裂；暴露；整除

類 破れる (打破)；割る (打破)
例 鈴木さんにいただいたカップが、割れてしまいました。
／鈴木送我的杯子・破掉了。

MEMO

＊以「國際交流基金日本國際教育支援協會」的「新しい『日本語能力試驗』ガイド
ブック」為基準的三回「文字・語彙　模擬考題」。

問題1　漢字讀音問題　應試訣竅

這一題要考的是漢字讀音問題。出題形式改變了一些，但考點是一樣的。預估出9題。

漢字讀音分音讀訓讀，預估音讀跟訓讀將各佔一半的分數。音讀中要注意的有濁音、長短音、促音、撥音…等問題。而日語固有讀法的訓讀中，也要注意特殊的讀音單字。當然，發音上有特殊變化的單字，出現比率也不低。我們歸納分析一下：

1. 音讀：接近國語發音的音讀方法。如：「花」唸成「か」、「犬」唸成「けん」。
2. 訓讀：日本原來就有的發音。如：「花」唸成「はな」、「犬」唸成「いぬ」。
3. 熟語：由兩個以上的漢字組成的單字。如：練習、切手、每朝、見本、為替等。
　　　其中還包括日本特殊的固定讀法，就是所謂的「熟字訓読み」。如：「小豆」（あずき）、「土産」（みやげ）、「海苔」（のり）等。
4. 發音上的變化：字跟字結合時，產生發音上變化的單字。如：春雨（はるさめ）、反応（はんのう）、酒屋（さかや）等。

もんだい I ＿＿＿＿のことばはどうよみますか。1・2・3・4からいちばんいいものを一つえらんでください。

---

1. かれにもらった指輪をなくしてしまったようです。

　1　よびわ　　　　2　ゆびは　　　　3　ゆびわ　　　　4　ゆひは

2. この文法がまちがっている理由をおしえてください。

　1　りよう　　　　2　りゆ　　　　　3　りいよう　　　　4　りゆう

3 <u>運転手</u>さんに文化かいかんへの行き方を聞きました。
1　うんでんしょ
2　うんでんしょう
3　うんてんしゅう
4　うんてんしゅ

4 校長せんせいのおはなしがおわったら、すいえいの<u>競争</u>がはじまります。
1　きょそう　　2　きょうそ　　3　きょうそう　　4　きょうそお

5 ことし100さいになる男性もパーティーに<u>招待</u>されました。
1　しょうたい　　2　しょうだい　　3　しょおたい　　4　しょうた

6 <u>小説</u>をよみはじめるまえに食料品をかいにスーパーへいきます。
1　しょうせつ　　2　しょおせつ　　3　しゃせつ　　4　しょうせっつ

7 <u>果物</u>のおさけをつくるときは、3かげつぐらいつけたほうがいい。
1　くたもの　　2　くだもん　　3　くだもの　　4　くだも

8 <u>再来月</u>、祖母といっしょに展覧会にいくつもりです。
1　さいらいげつ　　2　らいげつ　　3　さらいげつ　　4　さらいつき

9 <u>美術館</u>にゴッホの作品が展示されています。
1　みじゅつかん
2　びじゅつかん
3　めいじゅつかん
4　げいじゅつかん

問題2　漢字書寫問題　應試訣竅

這一題要考的是漢字書寫問題，出題形式改變了一些，但考點是一樣的。問題預估為6題。

這道題要考的是音讀漢字跟訓讀漢字，預估將各佔一半的分數。音讀漢字考點在識別詞的同音異字上，訓讀漢字考點在掌握詞的意義，及該詞的表記漢字上。

解答方式，首先要仔細閱讀全句，從句意上判斷出是哪個詞，浮想出這個詞的表記漢字，確定該詞的漢字寫法。也就是根據句意確定詞，根據詞意來確定字。如果只看畫線部分，很容易張冠李戴，要小心。

もんだい2 ＿＿＿＿のことばはどうかきますか。１・２・３・４からいちばんいいものを一つえらんでください。

10 ねつが36どまでさがったから、もう心配しなくていいです。
　　1　塾　　　　　2　熱　　　　　3　熟　　　　　4　勢

11 へやのすみは道具をつかってきれいにそうじしなさい。
　　1　遇　　　　　2　隅　　　　　3　禺　　　　　4　偶

12 にほんせいの機械はとても高いそうですよ。
　　1　姓　　　　　2　性　　　　　3　製　　　　　4　制

13 ごぞんじのとおり、このパソコンはこしょうしています。
　　1　古障　　　　2　故障　　　　3　故章　　　　4　故症

14 事務所のまえに<u>ちゅうしゃじょう</u>がありますので、くるまできてもいいですよ。
   1 注車場　　　　2 往車場　　　　3 駐車場　　　　4 駐車所

15 <u>くつ</u>のなかに砂がはいって、あるくといたいです。
   1 靴　　　　　　2 鞍　　　　　　3 鞄　　　　　　4 鞘

問題3　選擇符合文脈的詞彙問題　應試訣竅

這一題要考的是選擇符合文脈的詞彙問題。這是延續舊制的出題方式，問題預估為10題。

這道題主要測試考生是否能正確把握詞義，如類義詞的區別運用能力，及能否掌握日語的獨特用法或固定搭配等等。預測名詞、動詞、形容詞、副詞的出題數都有一定的配分。另外，外來語也估計會出一題，要多注意。

由於我們的國字跟日本的漢字之間，同形同義字佔有相當的比率，這是我們得天獨厚的地方。但相對的也存在不少的同形不同義的字，這時候就要注意，不要太拘泥於國字的含義，而混淆詞義。應該多從像「暗号で送る」（用暗號發送）、「絶対安静」（得多靜養）、「口が堅い」（口風很緊）等日語固定的搭配，或獨特的用法來做練習才是。以達到加深對詞義的理解、觸類旁通、豐富詞彙量的目的。

もんだい3　（　　　　）になにをいれますか。1・2・3・4からいちばんいいものを一つえらんでください。

16　さむいのがすきですから、＿＿＿＿＿はあまりつけません。

　　1　だんぼう　　　　2　ふとん　　　　3　コート　　　　4　れいぼう

17　きのう、おそくねたので、きょうは＿＿＿＿＿。

　　1　うんてんしました　　　　　　　2　うんどうしました

　　3　ねぼうしました　　　　　　　　4　すべりました

18　6じを＿＿＿＿＿、しょくじにしましょうか。

　　1　きたら　　　　2　くると　　　　3　まえ　　　　4　すぎたら

19 けんきゅうしつのせんせいは、せいとにとても_____です。
1 くらい　　　　　2 うれしい　　　　3 きびしい　　　　4 ひどい

20 かいしゃにいく_____、ほんやによりました。
1 うちに　　　　　2 あいだ　　　　　3 ながら　　　　　4 とちゅうで

21 おとうとをいじめたので、ははに_____。
1 しっかりしました　　　　　　　　2 しっぱいしました
3 よばれました　　　　　　　　　　4 しかられました

22 もう_____だとおもいますが、アメリカにりゅうがくすることになりました。
1 ごちそう　　　　　2 ごくろう　　　　3 ごぞんじ　　　　4 ごらん

23 かぜをひいたので、あさから_____がいたいです。
1 こえ　　　　　　　2 のど　　　　　　3 ひげ　　　　　　4 かみ

24 こうこうせいになったので、_____をはじめることにしました。
1 カーテン　　　　2 オートバイ　　　3 アルバイト　　　4 テキスト

25 なつやすみになったら、_____おばあちゃんにあいにいこうとおもいます。
1 ひさしぶりに　　2 だいたい　　　　3 たぶん　　　　　4 やっと

問題4　替換同義詞　應試訣竅

這一要考的是替換同義詞，或同一句話不同表現的問題，這是延續舊制的出題方式，問題預估為 5 題。

這道題的題目預測會給一個句子，句中會有某個關鍵詞彙，請考生從四個選項句中，選出意思跟題目中該詞彙相近的詞本。看到這種題型，要能馬上反應出，句中關鍵字的類義跟對義詞。如：太る（肥胖）的類義詞有肥える、肥る…等；太る的對義詞有やせる…等。

這對這道題，準備的方式是，將詞義相近的字一起記起來。這樣，透過聯想記憶來豐富詞彙量，並提高答題速度。

另外，針對同一句話不同表現的「換句話說」問題，可以分成幾種不同的類型，進行記憶。例如：

比較句

○中小企業は大手企業より資金力が乏しい。

○大手企業は中小企業より資金力が豊かだ。

分裂句

○今週買ったのは、テレビでした。

○今週は、テレビを買いました。

○部屋の隅に、ごみが残っています。

○ごみは、部屋の隅にまだあります。

敬語句

○お支払いはいかがなさいますか。

○お支払いはどうなさいますか。

同概念句

○夏休みに桜が開花する。

○夏休みに桜が咲く。

…等。

> 也就是把「換句話說」的句子分門別類，透過替換句的整理，來提高答題正確率。

もんだい4 ＿＿＿＿のぶんとだいたいおなじいみのぶんがあります。1
・2・3・4からいちばんいいものを一つえらんでください。

26 ちょうどでんわをかけようとおもっていたところです。

1 でんわをかけたはずです。

2 ちょうどでんわをかけていたところです。

3 これからでんわをかけるところでした。

4 ちょうどでんわをかけたところです。

27 きのうはなにがつれましたか。

1 きのうはどんなにくがとれましたか。

2 きのうはどんなにやさいがとれましたか。

3 きのうはどんなにさかながとれましたか。

4 きのうはどんなくだものがとれましたか。

28 いそいでいたので、くつしたをはかないままいえをでました。

1 いそいでいたので、くつしたをはいてからいえをでました。

2 いそいでいたのに、くつしたをはかずにいえをでました。

3 いそいでいたのに、くつしたをはいたままいえをでました。

4 いそいでいたので、くつしたをぬいでいえをでました。

29 いとうせんせいのせつめいは、ひじょうにていねいではっきりしています。

1 いとうせんせいのせつめいはかんたんです。

2 いとうせんせいのせつめいはわかりやすいです。

3 いとうせんせいのせつめいはふくざつです。

4 いとうせんせいのせつめいはひどいです。

30 <u>きょうはぐあいがわるかったので、えいがにいきませんでした。</u>

1 きょうはべんりがわるかったので、えいがにいきませんでした。

2 きょうはつごうがわるかったので、えいがにいきませんでした。

3 きょうはようじがあったので、えいがにいきませんでした。

4 きょうはたいちょうがわるかったので、えいがにいきませんでした。

問題5　判斷語彙正確的用法　應試訣竅

> 這一題要考的是判斷語彙正確用法的問題，這是延續舊制的出題方式，問題
> 預估為5題。
>
> 詞彙在句子中怎樣使用才是正確的，是這道題主要的考點。預測名詞、動
> 詞、形容詞、副詞的出題數都有一定的配分。名詞以2個漢字組成的詞彙為
> 主、動詞有漢字跟純粹假名的，副詞就以往經驗來看，也有一定的比重。
>
> 針對這一題型，該怎麼準備呢？方法是，平常背詞彙的時候，多看例句，多
> 唸幾遍例句，最好是把單字跟例句一起背。這樣，透過仔細觀察單字在句中的
> 用法與搭配的形容詞、動詞、副詞…等，可以有效增加自己的「日語語感」。
> 而該詞彙是否適合在該句子出現，很容易就感覺出來了。

もんだい5　つぎのことばのつかいかたでいちばんいいものを1・2・3・
　　　　　4から一つえらんでください。

31 ほめる

1 こどもがしゅくだいをわすれたので、ほめました。

2 あのくろいいぬは、ほかのいぬにほめられているようです。

3 わたしのしっぱいですから、そんなにほめないでください。

4 子どもがおてつだいをがんばったので、ほめてあげました。

32 もうすぐ

1 しあいはもうすぐはじまりましたよ。

2 もうすぐおはなみのきせつですね。

3 なつやすみになったので、もうすぐたのしみです。

4 わたしのばんがおわったのでもうすぐほっとしました。

33 ひきだし

1 ひきだしにコートをおいてもいいですよ。

2 ひきだしのうえにテレビとにんぎょうをかざっています。

3 ひきだしからつめたいのみものを出してくれますか。

4 ひきだしにはノートやペンがはいっています。

34 あく

1 ひどいかぜをひいて、すこしあいてしまいました。

2 水曜日のごごなら、時間があいていますよ。

3 テストのてんすうがあまりにあいたので、お母さんにおこられました。

4 朝からなにもたべていませんので、おなかがとてもあいています。

35 まじめに

1 あつい日がつづきますから、おからだどうぞまじめにしてください。

2 それはもうつかいませんから、まじめにかたづければいいですよ。

3 かのじょはしごともべんきょうもまじめにがんばります。

4 あのひとはよくうそをつくので、みんなまじめにはなしをききます。

もんだい1　＿＿＿＿のことばはどうよみますか。1・2・3・4からいちば
　　　　　　んいいものを一つえらんでください。

あ

か

1 かいしゃのまわりはちかてつもあり、交通がとてもべんりです。
　1　こおつ　　　　　2　こうつう　　　　3　こほつう　　　　4　こうつ

さ

2 警官に事故のことをいろいろはなしました。
　1　けいかん　　　　2　けいがん　　　　3　けえかん　　　　4　けへかん

た

3 経済のことなら伊藤さんにうかがってください。かれの専門ですから。
　1　けえざい　　　　2　けいざい　　　　3　けへざい　　　　4　けいさい

な

4 社長からの贈り物は今夜届くことになっています。
　1　しゃちょお　　　2　しゃっちょ　　　3　しゃちょう　　　4　しゃちょ

は

5 ごはんをたべるまえに歯を磨くのが私の習慣です。
　1　しゅがん　　　　2　しゅうかん　　　3　しゅかん　　　　4　しょうかん

ま

6 あには政治や法律をべんきょうしています。
　1　ほふりつ　　　　2　ほうりつ　　　　3　ほりつ　　　　　4　ほおりつ

や

7 港に着いた時は、もう船がしゅっぱつした後でした。
　1　ふに　　　　　　2　ふな　　　　　　3　うね　　　　　　4　ふね

ら

わ

練習

8 煙草をたくさん吸うと体に良くないですよ。

1 たはこ　　　　　2 たばこ　　　　　3 たはご　　　　4 だはこ

9 何が原因で火事が起こったのですか。

1 げんいん　　　　2 げえいん　　　　3 げいいん　　　4 げいん

もんだい2 ＿＿＿＿のことばはどうかきますか。1・2・3・4からいちば
んいいものを一つえらんでください。

10 工場に泥棒がはいって、しゃちょうの<u>さいふ</u>がとられました。
　　1　財希　　　　　2　賺布　　　　　3　財布　　　　　4　財巾

11 <u>そぼ</u>が生まれた時代には、エスカレーターはありませんでした。
　　1　阻母　　　　　2　租母　　　　　3　姐母　　　　　4　祖母

12 注射をしたら、もう<u>たいいん</u>してもいいそうです。
　　1　退院　　　　　2　出院　　　　　3　入院　　　　　4　撤院

13 すずき先生の<u>こうぎ</u>がきけなかったので、とても残念です。
　　1　校義　　　　　2　講儀　　　　　3　講義　　　　　4　講議

14 きょうからタイプを特別に<u>れんしゅう</u>することにしました。
　　1　聯習　　　　　2　練習　　　　　3　煉習　　　　　4　連習

15 なつやすみの計画については、あとでお父さんに<u>そうだん</u>します。
　　1　相談　　　　　2　想談　　　　　3　想淡　　　　　4　相淡

もんだい3 （　　　）になにをいれますか。1・2・3・4からいちばん
いいものを一つえらんでください。

16 くちにたくさんごはんがはいっているときに、はなしたら_____ですよ。
1 そう　　　　　　2 きっと　　　　　3 うん　　　　　4 だめ

17 ずっとまえから、つくえのひきだしが_____。
1 われています　　　　　　　　　2 こわれています
3 こわしています　　　　　　　　4 とまっています

18 すずきさんは、_____言わないので、何をかんがえているのかよくわかり
ません。
1 もっと　　　　　2 はっきり　　　3 さっぱり　　　4 やっぱり

19 いらないなら、_____ほうがへやがかたづきますよ。
1 もらった　　　　2 くれた　　　　3 すてた　　　　4 ひろった

20 かぜをひかないように、寝るときはクーラーを_____。
1 あけません　　　2 けしません　　3 やめません　　4 つけません

21 ちょっと_____がありますので、ごごはおやすみをいただきます。
1 もの　　　　　　2 おかげ　　　　3 ふべん　　　　4 ようじ

22 あたたかくなってきたので、木にもあたらしい_____がたくさんはえてき
ました。
1 は　　　　　　　2 つち　　　　　3 くさ　　　　　4 くも

23 えんそくのおべんとうは＿＿＿＿がいいです。
1 ラジオ　　　　　　　　　　　2 サンドイッチ
3 オートバイ　　　　　　　　　4 テキスト

24 ＿＿＿＿かいぎしつにはいっていったのは、いとうさんですか。
1 このごろ　　　2 あとは　　　3 さっき　　　4 これから

25 そんなにおこって＿＿＿＿いないで、たのしいことをかんがえましょうよ。
1 まま　　　　　2 だけ　　　3 おかげ　　　4 ばかり

もんだい4 _____のぶんとだいたいおなじいみのぶんがあります。1・2・3・4からいちばんいいものを一つえらんでください。

26 こうこうせいのあには、アルバイトをしています。
1 あには何もしごとをしていません。
2 あにはかいしゃいんです。
3 あにはときどきしごとに行きます。
4 あには、まいにち朝から夜まではたらいています。

27 わたしがるすの時に、だれか来たようです。
1 わたしが家にいない間に、だれか来たようです。
2 わたしが家にいる時、だれか来たようです。
3 わたしが家にいた時、だれか来たようです。
4 わたしが家にいる間に、だれか来たようです。

28 ほうりつとぶんがく、りょうほう勉強することにしました。
1 ほうりつとぶんがく、どちらも勉強しないことにしました。
2 ほうりつかぶんがくを勉強することにしました。
3 ほうりつとぶんがくのどちらかを勉強することにしました。
4 ほうりつとぶんがく、どちらも勉強することにしました。

29 だいがくの友達からプレゼントがとどきました。
1 だいがくの友達はプレゼントをうけとりました。
2 だいがくの友達がプレゼントをおくってくれました。
3 だいがくの友達へプレゼントをおくりました。
4 だいがくの友達にプレゼントをあげました。

30 <u>しらせをうけて、母はとてもよろこんでいます。</u>

1 しらせをうけて、母はとてもさわいでいます。

2 しらせをうけて、母はとてもおどろいています。

3 しらせをうけて、母はとてもびっくりしています。

4 しらせをうけて、母はとてもうれしがっています。

もんだい5　つぎのことばのつかいかたでいちばんいいものを１・２・３・
　　　　　４から一つえらんでください。

31 ふくしゅうする

　1　２ねんせいがおわるまえに、３ねんせいでならうことを<u>ふくしゅうします</u>。

　2　今日ならったことは、家にかえって、すぐ<u>ふくしゅうします</u>。

　3　らいしゅうべんきょうすることを<u>ふくしゅうしておきます</u>。

　4　あした、がっこうであたらしいぶんぽうを<u>ふくしゅうします</u>。

32 なかなか

　1　10ねんかかったじっけんが、ことし<u>なかなか</u>せいこうしました。

　2　そらもくらくなってきたので、<u>なかなか</u>かえりましょうよ。

　3　いとうさんなら、もう<u>なかなか</u>かえりましたよ。

　4　いそがしくて、<u>なかなか</u>おはなしするきかいがありません。

33 かみ

　1　なつになったので、<u>かみ</u>をきろうとおもいます。

　2　ごはんをたべたあとは、<u>かみ</u>をきれいにみがきます。

　3　ちいさいごみが<u>かみ</u>にはいって、かゆいです。

　4　がっこうへ行くときにけがをしました。<u>かみ</u>がいたいです。

34 おく

　1　かぜをひいて、ねつが40<u>おく</u>ちかくまででました。

　2　えきのとなりのデパートをたてるのに３<u>おく</u>かかったそうですよ。

　3　わたしのきゅうりょうは、1カ月だいたい30<u>おく</u>あります。

　4　さかなやでおいしそうなイカを３<u>おく</u>かいました。

35 ひろう

1 もえないごみは、かようびのあさに<u>ひろいます</u>。

2 すずきさんがかわいいギターをわたしに<u>ひろってくれました</u>。

3 がっこうへいくとちゅうで、500えん<u>ひろいました</u>。

4 いらなくなったほんは、ともだちに<u>ひろう</u>ことになっています。

もんだい１　＿＿＿＿のことばはどうよみますか。１・２・３・４からいちばんいいものを一つえらんでください。

[1] わからなかったところをいまから<u>復習</u>します。
　　１　ふくしょう　　２　ふくしゅう　　３　ふくしゅ　　４　ふくしょお

[2] おおきな音に<u>驚いて</u>、いぬがはしっていきました。
　　１　おとろいて　　２　おどろいて　　３　おどるいて　　４　おどらいて

[3] ベルがなって電車が<u>動き</u>だしました。
　　１　うごき　　２　ゆごき　　３　うこき　　４　うこぎ

[4] <u>再来週</u>、柔道の試合がありますから頑張ってれんしゅうします。
　　１　さいらいしゅ　　　　　　　　２　さえらいしゅう
　　３　さらいしゅう　　　　　　　　４　さらいしょう

[5] <u>祖父</u>は昔、しんぶんしゃではたらいていました。
　　１　そひ　　２　そふ　　３　そぼ　　４　そふぼ

[6] 世界のいろんなところで<u>戦争</u>があります。
　　１　せんそ　　２　せんぞう　　３　せんそお　　４　せんそう

[7] 母はとなりのお寺の木をたいせつに<u>育てて</u>います。
　　１　そたてて　　２　そだてて　　３　そうだてて　　４　そったてて

8 かいしゃの事務所に泥棒が入ったそうです。
  1 どろほう　　　　2 どろぼ　　　　3 どろぽう　　　4 どろぼう

9 いとうさんは非常に熱心に発音のれんしゅうをしています。
  1 ひっじょう　　　2 ひじょ　　　　3 ひじょう　　　4 ひしょう

もんだい2 ＿＿＿＿のことばはどうかきますか。1・2・3・4からいちばんいいものを一つえらんでください。

10 かれは<u>しんせつ</u>だし、優しいし、クラスのにんきものです。
1 新切　　　　　2 真切　　　　　3 親窃　　　　　4 親切

11 台風のせいで、水道も<u>でんき</u>もとまってしまいました。
1 電機　　　　　2 電気　　　　　3 電池　　　　　4 電器

12 <u>しょうらい</u>、法律にかんする仕事をしたいとおもっています。
1 将来　　　　　2 将来　　　　　3 未来　　　　　4 蒋来

13 この問題ちょっと<u>ふくざつ</u>ですから、みなでかんがえましょう。
1 複雑　　　　　2 复雑　　　　　3 複雑　　　　　4 復雑

14 おおきな地震が起きて、たくさんの家が<u>こわれました</u>。
1 割れました　　2 壊れました　　3 崩れました　　4 破れました

15 海岸のちかくは<u>きけん</u>ですから、一人でいってはいけませんよ。
1 危剣　　　　　2 危険　　　　　3 危倹　　　　　4 棄験

もんだい3 （   ）になにをいれますか。1・2・3・4からいちばん
いいものを一つえらんでください。

あ

か

16 ふるいじしょですが、つかいやすいし、とても＿＿＿＿。
1 だします　　　　　　　　　　　2 やくにたちます
3 みつかります　　　　　　　　　4 ひらきます

さ

17 はるになると、あのこうえんにはきれいなはながたくさん＿＿＿＿。
1 のびます　　　2 でます　　　3 さきます　　　4 あきます

た

18 このいしは、せかいにひとつしかないとても＿＿＿＿ものです。
1 ほそい　　　2 めずらしい　　3 うれしい　　4 ほしい

な

19 15＿＿＿＿3は5です。
1 たす　　　　2 ひく　　　　3 かける　　　4 わる

は

20 こたえがわかるひとは、てを＿＿＿＿くださいね。
1 あけて　　　2 たって　　　3 たてて　　　4 あげて

ま

21 あそこでたのしそうに＿＿＿＿のが、わたしのおにいちゃんです。
1 はしっている　2 おこっている　3 しっている　4 わかっている

や

22 おいしゃさんに、らいしゅうには＿＿＿＿できるといわれました。
1 たいいん　　2 そつぎょう　　3 ていいん　　4 にゅうがく

ら

わ

練習

23 いもうとのけっこんしきには、＿＿＿＿＿をきていくつもりです。

  1 もめん 　　　　 2 くつした 　　　 3 きもの 　　　 4 ぼうし

24 ＿＿＿＿＿のじゅぎょうでは、よくじっけんをします。

  1 ぶんがく 　　　　 2 ほうりつ 　　　 3 けいざい 　　　 4 かがく

25 ぼくの＿＿＿＿＿は、しゃちょうになることです。

  1 ほし 　　　　 2 ゆめ 　　　 3 そら 　　　 4 つき

もんだい4 _____のぶんとだいたいおなじいみのぶんがあります。1・2・3・4からいちばんいいものを一つえらんでください。

26 いもうとは、むかしから体がよわいです。

1 いもうとはむかしから、とても元気です。

2 いもうとはむかしから、ほとんどかぜをひきません。

3 いもうとはむかしから、よくびょうきをします。

4 いもうとはむかしから、ほとんどびょういんへ行きません。

27 もうおそいですから、そろそろしつれいします。

1 もうおそいですから、そろそろ寄ります。

2 もうおそいですから、そろそろむかえに行きます。

3 もうおそいですから、そろそろ来ます。

4 もうおそいですから、そろそろ帰ります。

28 ぶたにくいがいは、何でもすきです。

1 どんなにくも、すきです。

2 ぶたにくだけ、すきです。

3 ぶたにくだけはすきではありません。

4 ぶたにくもほかのにくも何でもすきです。

29 木のしたに、ちいさなむしがいました。

1 木のしたで、ちいさなむしをみつけました。

2 木のしたで、ちいさなむしをけんぶつしました。

3 木のしたで、ちいさなむしをひろいました。

4 木のしたに、ちいさなむしをおきました。

30 だいたいみっかおきに、家に電話をかけます。

1 だいたい毎月みっかごろに、家に電話をかけます。

2 だいたい1週間に2かい、家に電話をかけます。

3 だいたい1日に2、3かい、家に電話をかけます。

4 だいたい3時ごろに、家に電話をかけます。

もんだい5　つぎのことばのつかいかたでいちばんいいものを1・2・3・
4から一つえらんでください。

31 へん
1 テレビのちょうしがちょっと<u>へん</u>です。
2 くすりをのんでから、ずいぶん<u>へん</u>になりました。よかったです。
3 このふくは<u>へん</u>で、つかいやすいです。
4 すずきさんはいつもとても<u>へん</u>にいます。

32 たおれる
1 ラジオが雨にぬれて<u>たおれて</u>しまいました。
2 コップがテーブルから<u>たおれました</u>。
3 今日はみちが<u>たおれ</u>やすいので、気をつけてね。
4 だいがくのよこの大きな木が、かぜで<u>たおれました</u>。

33 きっと
1 太郎くんが<u>きっと</u>てつだってくれたので、もうできました。
2 4年間がんばって、<u>きっと</u>だいがくにごうかくしました。
3 私のきもちは<u>きっと</u>きめてあります。
4 <u>きっと</u>だいじょうぶだから、そんなにしんぱいしないで。

34 ねだん

  1 がいこくでは、おみせの人にすこし<u>ねだん</u>をあげるそうです。

  2 こまかい<u>ねだん</u>は、こちらのさいふに入れています。

  3 がんばってはたらいても、1カ月の<u>ねだん</u>は少ないです。

  4 気にいりましたので、<u>ねだん</u>がたかくてもかおうと思います。

35 しょうたいする

  1 らいげつのしけんに<u>しょうたいして</u>ください。

  2 じょうしから、あすのかいぎに<u>しょうたいされました</u>。

  3 だいがくのともだちをけっこんしきに<u>しょうたいする</u>つもりです。

  4 ちょっとこっちにきて、このさくひんを<u>しょうたいなさい</u>ませんか。

第一回

あ

問題1

1	3		2	4		3	4		4	3		5	1
6	1		7	3		8	3		9	2			

か

問題2

10	2		11	2		12	3		13	2		14	3
15	1											

さ

た

問題3

16	1		17	3		18	4		19	3		20	4
21	4		22	3		23	2		24	3		25	1

な

問題4

26	3		27	3		28	2		29	2		30	4

は

問題5

31	4		32	2		33	4		34	2		35	3

ま

第二回

や

問題1

1	2		2	1		3	2		4	3		5	2
6	2		7	4		8	2		9	1			

ら

わ

練習

問題 2

| 10 | 3 | 11 | 4 | 12 | 1 | 13 | 3 | 14 | 2 |

| 15 | 1 |

問題3

| 16 | 4 | 17 | 2 | 18 | 2 | 19 | 3 | 20 | 4 |

| 21 | 4 | 22 | 1 | 23 | 2 | 24 | 3 | 25 | 4 |

問題4

| 26 | 3 | 27 | 1 | 28 | 4 | 29 | 2 | 30 | 4 |

問題5

| 31 | 2 | 32 | 4 | 33 | 1 | 34 | 2 | 35 | 3 |

第三回

問題1

| 1 | 2 | 2 | 2 | 3 | 1 | 4 | 3 | 5 | 2 |

| 6 | 4 | 7 | 2 | 8 | 4 | 9 | 3 |

問題2

| 10 | 4 | 11 | 2 | 12 | 2 | 13 | 1 | 14 | 2 |

| 15 | 2 |

問題3

16	2	17	3	18	2	19	4	20	4
21	1	22	1	23	3	24	4	25	2

問題4

26	3	27	4	28	3	29	1	30	2

問題5

31	1	32	4	33	4	34	4	35	3

精修 重音版 袖珍本

新制對應 絕對合格！
日檢必背單字 [50K＋DVD]

N4

【日檢攜帶智庫 02】

■ 發行人／林德勝

■ 著者／吉松由美・山田社題庫小組

■ 出版發行／山田社文化事業有限公司
　臺北市大安區安和路一段112巷17號7樓
　電話　02-2755-7622
　傳真　02-2700-1887

■ 郵政劃撥／19867160號　大原文化事業有限公司

■ 總經銷／聯合發行股份有限公司
　新北市新店區寶橋路235巷6弄6號2樓
　電話　02-2917-8022
　傳真　02-2915-6275

■ 印刷／上鎰數位科技印刷有限公司

■ 法律顧問／林長振法律事務所　林長振律師

■ 書＋DVD／定價　新台幣300元

■ 初版／2020年 06 月

© ISBN：978-986-6812-606
2020, Shan Tian She Culture Co., Ltd.